21 世纪高职高专教学做一体化规划教材

网页制作技术

主　编　郭振民　韩月华

副主编　周　萍　徐迎春　生桂勇

中国水利水电出版社
www.waterpub.com.cn

内容提要

本书从高职高专的培养目标和学生的特点出发，秉承"教学做一体化"的教学原则，以"激发学生兴趣"为着眼点，认真组织内容，精心设计案例。

全书分为基础篇、应用篇和实践篇三部分。基础篇结合实际网站简单介绍 Internet 网络、网站及网页的基本概念，网站建设的基本流程，网络空间的申请及网站的上传；应用篇通过具体实例介绍"利用 Flash 制作网页动画、Fireworks 编辑处理网页图像、Dreamweaver 设计网站及制作相关网页"的应用技术；实践篇通过实例网站的建设，一步步引导读者了解并掌握网站制作的全过程，让读者在实际操作中熟悉网站主题的确定、素材的准备、色彩的选择、网站的建设、网页制作及网页相关内容的链接等各个环节。

本书可作为高职高专院校、各类成人教育"网站设计与网页制作"课程的教材，也可供各类工程技术人员参考使用，还可作为初学者自学的参考书。

本书电子教案读者可以到中国水利水电出版社网站免费下载，网址：http://www.waterpub.com.cn/softdown。

图书在版编目（CIP）数据

网页制作技术 / 郭振民，韩月华主编．—北京：中国水
利水电出版社，2008
21 世纪高职高专教学做一体化规划教材
ISBN 978-7-5084-5826-7

Ⅰ．网…　Ⅱ．①郭…②韩…　Ⅲ．主页制作—高等学校：
技术学校—教材　Ⅳ．TP393.092

中国版本图书馆 CIP 数据核字（2008）第 120379 号

书　　名	21 世纪高职高专教学做一体化规划教材 **网页制作技术**
作　　者	主　编　郭振民　韩月华 副主编　周　萍　徐迎春　生桂勇
出版发行	中国水利水电出版社（北京市三里河路 6 号　100044） 网址：www.waterpub.com.cn E-mail: mchannel@263.net（万水） 　　　　sales@waterpub.com.cn 电话：（010）63202266（总机）、68367658（营销中心）、82562819（万水）
经　　售	全国各地新华书店和相关出版物销售网点
排　　版	北京万水电子信息有限公司
印　　刷	北京市天竺颖华印刷厂
规　　格	184mm×260mm　16 开本　10.5 印张　254 千字
版　　次	2008 年 8 月第 1 版　2008 年 8 月第 1 次印刷
印　　数	0001—4000 册
定　　价	18.00 元

前　　言

伟大的教育家陶行知先生早在 20 世纪 30 年代就提出了"教学做合一"的教学思想，他提出"学习不应该是单方面的，也不是灌输的，应该是教与学双方的，以学生为主体而以教师为主导的"，并指出"教学做是一件事，不是三件事，要在做上教，在做上学"。陶行知先生所说的"做上教、做上学"意指"做中教、做中学"，也就是说让学生在实践操作的过程中学习理论知识，即"先会后懂"，"学生有了兴趣，就肯用全副精神去做事情"，这样的教学做一体化的模式更能提高学生的学习兴趣，激发学生的学习热情。

高职高专教育旨在培养具有职业理想、职业道德，掌握职业技能，知晓职业规范，能适应生产、建设、管理、服务第一线的高素质技能型人才。因此，高职院校更应采用"教学做一体化"的教学模式，为此必须创建这一思想的教材体系。

随着互联网的发展与普及，网站对企业及个人显示出越来越重要的作用，不仅能形成网络沟通，还能起到展示产品、宣传个人、提升企业形象的作用。近年来出现了很多网页制作技术及网站开发的软件，本教材是针对没有开发经验的初学者，以当前较为流行的 Macromedia 公司的网页制作三剑客，即 Flash MX 2004、Fireworks MX 2004 和 Dreamweaver MX 2004 为开发工具，深入浅出地介绍了静态网站及网页的开发方法。

本书从高职高专的培养目标和学生的实际出发，秉承"教学做一体化"的教学原则，以"激发学生兴趣"为着眼点，认真组织内容，精心设计案例。主要特点如下：

- 理论够用：软件菜单及功能精选最常用的部分，部分理论穿插到实例中讲解。
- 实例经典：通过大量的经典实例，让学生在实践中理解理论，逐步提高动手能力及实际解决问题的能力。
- 图文并茂：操作过程的关键部分配以相应插图，让读者一目了然，很快学会操作。

本书由郭振民、韩月华任主编，周萍、徐迎春、生桂勇任副主编，韩月华、周萍负责后期统稿校对工作。

由于编者水平有限，加上编写时间仓促，书中疏漏和错误之处在所难免，恳请广大读者批评指正。

作者
2008 年 6 月

目　　录

实践篇——网页制作实训

基础篇——网页制作基础

随着 Internet 的普及，拥有自己的网站已经成为一种潮流和时尚。什么是网站？如何设计网站？如何将制作好的网站发布到 Internet 上供大家访问？

本篇结合实际网站简单介绍 Internet 网络、网站及网页的基本概念、网站建设的基本流程、网络空间的申请及网站的上传。

本篇内容

第 1 章　网页制作基础

第 1 章　网页制作基础

本章要点

- 网页要素及网页制作工具
- 网站设计的流程
- 网络空间的申请

随着 Internet 的普及，拥有自己的网站已经成为一种潮流和时尚。虽然制作一个简单的网页并不困难，但是制作出超凡脱俗的网站就不那么容易了。

首先来欣赏一下 IBM 中国网站（www.ibm.com/cn/zh），如图 1.1 所示。

图 1.1　IBM 中国网站

思考：（1）如何访问 IBM 中国网站？

（2）该网站的主题是什么？网站的色彩基调是什么？

（3）该网站中的页面由哪些部分组成？

（4）想了解 IBM 的产品该怎么办？

（5）如何制作一个属于自己的网站？

带着这些问题，让我们一起来学习本章内容吧！

1.1　Internet 简介

丰富多彩的网络世界深刻地影响着我们，成为我们学习、生活中不可缺少的一部分。其实我们也可以自己制作网页，然后发布到 Internet（因特网）上，给众多的网友浏览。在学习网页制作之前，我们有必要先来学习网络的一些基础知识。

1.1.1　计算机网络

计算机网络是指将多台具有独立功能的计算机，通过通信线路和通信设备连接起来，在网络软件的支持下实现数据通信和资源共享的计算机系统。

计算机网络硬件由服务器、工作站、网卡、交换机、路由器和网关、传输介质等组成；软件则由网络操作系统、网络协议和应用服务软件等组成。

建立计算机网络的主要目的是为了实现数据通信和资源共享。

按照计算机网络覆盖的地理范围大小可以将计算机网络分为局域网、城域网和广域网，Internet 就属于广域网。

1.1.2　Internet

因特网是目前世界上覆盖范围最大的计算机网络群体，它是英文 Internet 的中文译名，也叫国际互联网。因特网把人类带到了一个全新的信息时代。目前人们通过因特网可以轻松做以下事情：发送电子邮件、文件传输、网络电话、网络传真、网络寻呼、网上购物、远程登录和网络会议等。

家庭或单位到网络服务提供商（Internet Service Provider，ISP）（如电信、网通、铁通等）办理必要的手续后，就会获得一个上网账号和密码，可以按网络服务提供商提供的上网步骤进行登录，接入 Internet。

登录成功后，双击计算机桌面上的 Internet Explorer 浏览器（e 图标），如图 1.2 所示，就可以打开 IE 主界面，如图 1.3 所示。

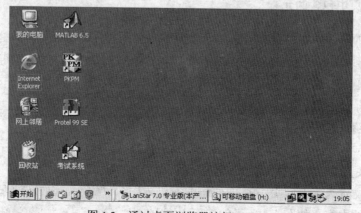

图 1.2　通过桌面浏览器访问 Internet

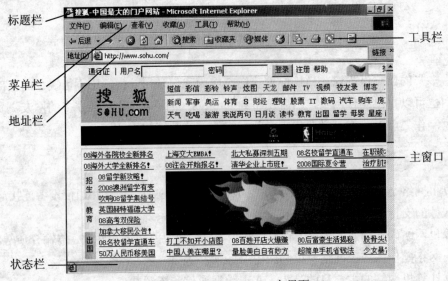

图 1.3　Internet Explorer 主界面

在 IE 界面的地址栏中输入要访问网站的网址，如输入www.ibm.com/cn/zh 即可访问 IBM 中国网站。

1.2　网页及网页中的元素

1.2.1　网页的基本介绍

在 WWW 的世界中包含有无数独立的以"页"为单位内容的信息，称之为"网页"，如图 1.2 所示即为打开的一个网页。

网页是网站的基本构成单位，众多内容不同的网页有机地组合并具有特定的主题就构成了一个网站。我们可以像看书一样，看完一页再翻阅到其他网页上去，也可以通过超链接在页与页之间实现跳转。

1.2.2　网页中包含的元素

设计网页的目的主要是发布信息，因此，作为信息主要载体的文本和图像也就成了网页的基本组成部分；而超链接则是 Web 的核心，它将万维网中无数的网页链接在一起；此外，表格、动画、音乐和交互式表单等在网页中也具有举足轻重的地位。

如图 1.4 所示是搜狐（www.sohu.com）的首页，在这个网页中，包含了多种网页元素。下面将详细介绍这些元素以及它们在网页中的作用。

1. 文本

文本一直是最重要的信息载体与交流工具，它能准确表达消息的内容和含义，故网页中的信息也以文本为主。网页中的文本通过字体、字号、颜色、底纹和边框等不同格式来突出显示重要的内容。如图 1.4 所示的搜狐主页中，文字有黑、红、蓝等颜色。

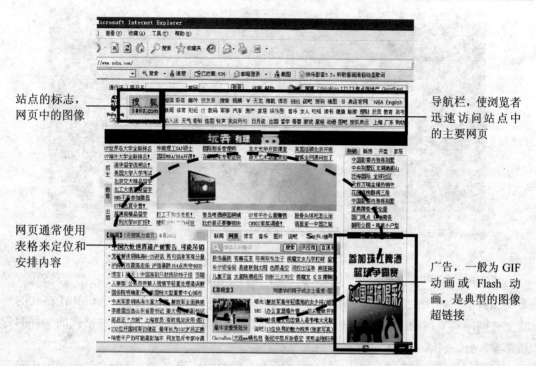

站点的标志，
网页中的图像

导航栏，使浏览者
迅速访问站点中
的主要网页

网页通常使用
表格来定位和
安排内容

广告，一般为 GIF
动画或 Flash 动
画，是典型的图像
超链接

图 1.4　网页元素概览

2. 图像和动画

图像在网页中具有提供信息、展示作品、装饰网页、表达个人情调和风格的作用。用户可以在网页中使用 GIF、JPEG 和 PNG 三种图像文件格式，其中使用最广泛的是 GIF 和 JPEG 两种格式。

提示：当用户使用所见即所得的网页设计软件在网页上添加其他非 GIF、JPEG 或 PNG 格式的图片并保存时，这些软件通常会自动将少于 8 位颜色的图片转换为 GIF 格式，而将多于 8 位颜色的图片转换为 JPEG 格式。

你知道吗？

图像虽然在网页中起着非常重要的作用，但如果网页上添加的图片过多，不仅会影响网页整体的视觉效果，而且下载速度也将明显下降，可能会导致浏览者因失去耐心而离开网站。

在网页中使用动画可以很有效地吸引浏览者的注意，许多网站的广告都做成动画。图 1.5 中的两幅图像即为动画中的两个画面，使用动画可以输出更多的内容。

3. 声音和视频

声音是多媒体网页的一个重要组成部分。在添加声音时需要考虑所用声音的用途、文件大小、声音品质和浏览器差别等。不同浏览器对于声音文件的处理方法是不同的，彼此之间很可能不兼容。

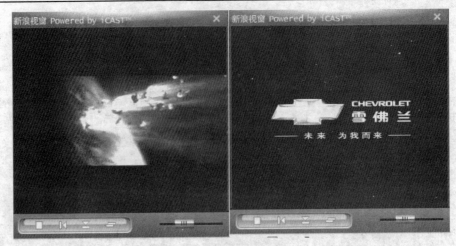

图 1.5 使用动画的广告

用于网络的声音文件的格式非常多，常用的有 MIDI、WAV、MP3 和 AIF 等格式。很多浏览器不用插件也可以支持 MIDI、WAV 和 AIF 格式的文件，而 MP3 和 RM 格式的声音文件则需要专门的浏览器播放。除了 RM 格式的声音文件外，其他几种格式的文件的音质都非常好。

视频文件常见的有 RealPlayer、MPEG、AVI 和 DIVX 等格式。视频文件的采用让网页变得非常精彩和动感，网络上的许多插件也让向网页中插入视频文件的操作变得非常简单。图 1.6 左侧的黑色部分就是用来播放视频文件的。

图 1.6 在网页中播放视频

提示：一般来说，不要使用声音文件作为背景音乐，那样会影响网页下载的速度。可以在网页中添加一个打开声音文件的链接，让播放音乐变得可以控制。

4. 超链接

超链接技术可以说是万维网流行起来的最主要的原因，它是从一个网页指向另一个目的端的链接，这个目的端通常是另一个网页，也可以是一幅图片、一个电子邮件地址、一个文件（如多媒体文件、文档等）、一个程序或者是本网页中的其他位置。

当浏览者单击超链接时，其目的端将显示在浏览器上，并根据目的端的文件类型以不同方式打开。例如，当指向一个 AVI 文件的超链接被单击后，该文件将在媒体播放软件中打开；如果是指向一个网页的超链接，则该网页将显示在浏览器上。

5. 表格

表格用来控制网页信息的布局方式，包括两方面：一是使用行和列的形式来布局文本和图像以及其他的列表化数据；二是可以使用表格来精确控制各种网页元素在网页中的位置。

6. 表单

网页中的表单通常用来接收用户在浏览器端的输入信息，然后将这些信息发送到用户设置的目标端，这个目标既可以是文本文件、Web 页、电子邮件，也可以是服务器端的应用程序。表单的用途有以下几个方面：

* 收集联系信息、接收用户要求、获得反馈意见。
* 让浏览者输入关键字，在站点中搜索相关的网页。
* 让浏览者注册为会员并以会员身份登录站点。

表单由不同功能的表单域组成，最简单的表单也要包含一个输入区域和一个提交按钮。站点浏览者填写表单的方式通常是输入文本、选择单选按钮或选中复选框，以及从下拉列表中选择选项等，如图 1.7 所示。

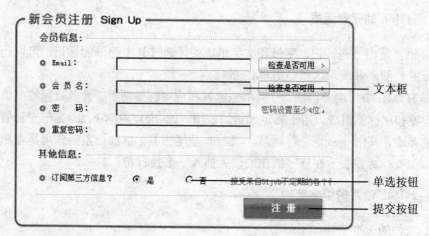

图 1.7　网页中的表单

7. 导航栏

导航栏的作用就是让浏览者在浏览站点时，不会因为迷路而终止对站点的访问。事实上，导航栏就是一组超链接，这组超链接的目的就是本站点的主页以及其他重要网页。在设计站点中的网页时，可以在站点的每个网页上显示一个导航栏，这样，浏览者就可以既快又容易地转向站点的其他主要网页。

一般情况下，导航栏应放在网页中较引人注目的位置，通常是在网页的顶部或一侧。导航栏既可以是文本链接，也可以是一些图像按钮。如图 1.4 所示，对音乐或汽车感兴趣的访问者可在导航栏单击相应超链接访问关于音乐或汽车的最新的、详尽的信息。

8．其他特殊效果

网页中除了以上几种最基本的元素之外，还有一些其他的常用元素，包括悬停按钮、Java 特效、ActiveX 等各种特效。他们不仅能点缀网页，使网页更活泼有趣，而且在网上娱乐、电子商务等方面也有着不可忽视的作用。

1.3　超文本标记语言 HTML

HTML 语言是网页制作的基础，虽然现在有许多所见即所得的网页制作工具，但了解 HTML 语言仍非常重要。利用 HTML 语言可以更精确地控制页面的排版，实现更多的功能，同时也能学习一些制作技巧，有时一个小小的技巧也可以让你事半功倍。

1.3.1　什么是 HTML 语言

HTML 是 Hypertext Markup Language（超文本标记语言）的缩写，它是 WWW 所使用的语言。通常情况下，制作完成的网页都将以 HTML 文件的形式保存起来，当浏览器发出网页的访问请求时，传递给它的也是 HTML 文件。

HTML 文件的内容由文本字符（ASCII 码）组成，因此，可以用任何一个文本编辑器，如写字板、记事本、Word 来打开或编辑 HTML 文件。

1.3.2　HTML 的元素组成

HTML 语言是由一些标记、字母和文字组成的，通过其中简单的标记，可以让网页生动、活泼，并且图文并茂，这就是 HTML 的特点。

标签是 HTML 中的主要语法，分为单独标签和成对标签两种。大多数标签是成对出现的，由首标签和尾标签组成，用于界定元素的范围。如<head>和</head>是一对标签，用来界定头部的范围，其中<head>是首标签，</head>是尾标签。单独标签的作用是在相应位置插入元素，如
标签表示在标签所在的位置插入一个换行符。

1.3.3　HTML 语言的整体结构

HTML 文件的标准格式如下：

```
<html>
    <head>
        <title>文件标题</title>
    </head>
    <body>
```

文档主体，正文部分

　　　</body>

　</html>

<html>在最外层，表示这对标记间的内容是 HTML 文档。<head>与</head>包括文档的头部信息，如文档总标题等，若不需头部信息则可省略此标记；<body>部分一般不省略，表示正文内容的开始。

提示：如何查看所浏览网页的 HTML 代码呢？选择"查看"→"源文件"命令即可。

1.4　网页制作工具介绍

虽然网页的本质是 HTML，但由于 HTML 不能直观地显示网页设计的结果，而且也比较枯燥，故现在很少有人直接用 HTML 来编辑网页。大多数的网页制作工作都是通过网页编辑工具来完成的。

这些网页编辑工具绝大多数都是所见即所得的，即用户实际操作的结果就是最终生成的网页（HTML 文档）效果，也就是说，网页编辑工具将 HTML 代码的生成自动化了。

另外，在网页制作过程中，还需要使用素材处理工具创作一些素材或进行素材加工。

1.4.1　网页设计"三剑客"

由 Macromedia 公司（于 2005 年被 Adobe 公司合并）开发的 Dreamweaver、Fireworks 和 Flash 被人们称为制作网页的"梦幻组合"、"三剑客"，它们以良好的无缝集成性能成为当今专业网页制作的首选工具，本书主要采用其推出的 MX 2004 版本，其中：

（1）Dreamweaver MX 2004 是"所见即所得"的可视化网站开发工具，它不仅使制作过程更加直观，同时也大大简化了网页制作的步骤。

（2）Fireworks MX 2004 是网页设计"三剑客"的"火焰"，它以处理网页图片为特长，并可以轻松创作 GIF 动画。

（3）Flash MX 2004 是网页三剑客中的"闪电"，以制作网页动画为特长，它做出的动画效果是其他软件无法比拟的。

1.4.2　其他常用工具

进行网页设计时，往往还需要用到其他软件，包括各种各样的专业图像/动画处理软件（如 Photoshop 和 3ds max）、图像优化软件和面向其他浏览器的网页制作软件。这些软件让网页变得更精致和美观。

1. 用 Netscape Designer 设计网页

同一个网页在不同的浏览器中显示的效果往往是不同的，因此，在进行网页设计时，往往需要考虑浏览者的操作系统和所使用的浏览器。当设计网页时面向的是使用网景浏览器（Netscape Navigator）的浏览者时，最好使用网景设计师（Netscape Designer）这一网页制作软件来制作网页。网景设计师是一个不错的网页制作软件，它同样支持页面的可视化编辑，用它制作的网页可以在网景浏览器中正常地显示。

2．图像处理软件 Photoshop

有了好的创意和想法之后，还需要把创意变成实际的网站。这就要用到图像处理软件。Photoshop 在图像处理方法上有独到的优势，它的强大的通道和滤镜功能让用户可以制作出几乎所有效果（包括 3D）的图像。如果说 Fireworks 是各种网络图像处理方面的能手，那么 Photoshop 则是图像制作方面的大师。

1.5　网站设计基础

1.5.1　网站设计的基本流程

虽然每个站点各有不同，但基本的设计流程是相同的。无论是搜狐、新浪等大的门户网站，还是一个简单的个人主页，都由基本相同的步骤来完成。

（1）网站策划。在未正式制作网页之前，要将网站的指导思想确定下来，一般包括主题、对象、内容、风格和创意。

（2）网站布局规划。布局指的是以最适合的方式将图片和文字排放在页面的不同位置，使得浏览者的视觉效果与使用效果最佳。

（3）色彩搭配。不同的色彩搭配会产生不同的效果，并可能影响到访问者的情绪。

（4）资料收集。对于个人网站来说，网站内容大多依赖资料的收集。资料收集得不够，可能网站制作到一半就无法继续了。

（5）目录设计。目录设计对于站点的上传和维护，以及内容的扩充和移植都有重要的影响。一般应注意以下几点：

● 每个主目录里都应建立独立的目录存放图像。

● 尽量少用中文目录，目录名称尽可能做到见名知意。

● 目录的层次不要太深，一般不超过 3 层。

（6）网页设计。网站规划完毕后就可以动手设计网页了。一般先设计主页，然后设计其他页面，页面之间用超链接连接。

（7）网站上传。申请到免费或付费空间后，就可以将网站上传到 Internet 上供其他用户访问。

（8）广告宣传及维护更新。要想有很多人来单击和浏览网站，除了需要做宣传外，还要定期更新，不断地增加新的内容、功能和服务。

1.5.2　网站的需求分析

对网站进行整体设计，需求分析是第一步。设计者必须调查了解各类用户的习惯、技能、知识等，以便预测不同类别的用户对网站界面有什么不同的需求与反映，为最终的设

计提供依据和参考，使设计出的网站更适合不同用户的使用。如图 1.8 所示是一般网站制
作前期的基本流程。

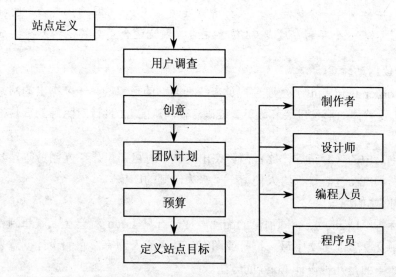

图 1.8   网站制作前期的基本流程

1.5.3   网站的形象策划

设计一个网站，首先要定位网站主题，即网站的题材。网站的题材各式各样，只要想
得到，就都可以制作出来。

常见的网站题材主要有下面几种：

（1）家庭/生活：如潮流、饮食、情感等。

（2）教育：如在线学习、考研辅导等。

（3）时尚：如服饰、化妆、装潢等。

（4）娱乐：如音乐、电影、游戏、文学、幽默笑话等。

（5）网上社区/讨论。

（6）参考/资讯：如新闻等。

以上这些是比较常见的题材，还有许多专业的、另类的、独特的题材可以选择。同时，
各个题材的相互联系和交叉结合又能产生新的题材，如：游戏论坛、资源下载等，按这种
方式组合，题材种类可以有很多。

1. 定位网站主题

主题定位要小，内容要精。如果把所有认为精彩的东西都放在网站上面，往往给人的
感觉是"四不像"，既没有主题，也没有特色。在互联网上只有那些具有自己特色的网站，
才能给人留下深刻印象。

2. 确定网站的名称

网站名称要贴切、易记、有特色，这样才容易引起网民的注意，对网站的形象和宣传

推广有很大影响。根据中文网站浏览者的特点，网站名称最好使用中文，尽量少用英文或中英文混合的名称，除非有特殊需要；字数也要适当控制在 6 个字以内。

提示：字数少有一个优点，一般友情链接的小 Logo（网站标志的小图标），尺寸是 88×31 像素，而 6 个字的宽度是 78 像素左右，因此适合于与其他网站交换链接。

3. 定位网站的 CI 形象

CI（Corporate Identity）是通过视觉来统一网站的形象的，一个杰出的网站和实体公司一样，也需要整体的形象包装和设计。准确、有创意的 CI 设计对网站的宣传推广有事半功倍的效果。

现实生活中的 CI 策划比比皆是，杰出的例子有可口可乐、麦当劳等，其全球统一的标志、色彩和产品包装，都给人们留下了极为深刻的印象。

（1）网站的标志。

网站标志（Logo）就如同商品的品牌一样，看见 Logo 就会让人联想到相应的网站。它可以是中文文字或英文字母、符号或图案、动物或人物等，它的设计创意来自网站的名称和内容。下面是几种设计 Logo 的方法。

1）用网站有代表性的人物、动物、花草作为设计的蓝本，加以卡通化和艺术化。例如：搜狐的站标、163 的站标等，如图 1.9（a）所示。

2）如果网站的内容具有较强的专业性，可以以本专业有代表性的物品作为标志。例如：中国银行的铜板标志等，如图 1.9（b）所示。

3）用自己网站的英文或中文名称作为标志，采用不同的字体或中英文组合。例如：碧海银沙网站的标志、Chinaren 的站标等，如图 1.9（c）所示。

（a）   （b）   （c）

图 1.9　站标

（2）网站的色彩搭配。

网站给人的第一印象来自视觉冲击，所以确定网站的色彩是相当重要的一步，不同的色彩搭配不同的效果，对访问者的情绪会产生不同的影响。

1）标准颜色。标准颜色是指能体现网站形象和延伸内涵的颜色，主要用在网站的标志和主菜单上，给人一种整体统一的感觉。标准颜色一般不宜超过 3 种。常用的标准颜色有：蓝/绿、黄/橙、黑/灰/白三大系列色。例如，肯德基的红色条纹，让人觉得和谐、统一；IBM 的深蓝色同样是色彩运用上比较成功的例子。

2）其他颜色。标准颜色定下来以后，其他的颜色也可以使用，但只能作为点缀和衬托，切忌喧宾夺主。选择颜色要和网页的内涵关联，让人产生联想。如蓝色联想到天空、黑色联想到黑夜、红色联想到喜庆等。

3）色彩搭配的技巧。背景颜色和前面文字颜色的对比一定要大，为了突出主要文字，背景绝对不能选择花纹繁杂的图案，色彩要控制在 3 种颜色以内。

一般情况下，彩色页面比完全黑白的页面更加吸引人。故通常主要内容文字采用非彩色（黑色），边框、背景、图片主要用彩色。这样页面整体不单调，主要内容也不会使人眼花缭乱。

提示：

红色是一种激奋、强烈、喜庆的色彩，使人产生热情、有活力的感觉。

绿色介于冷暖色之间，给人和睦、宁静、健康、安全的感觉，与金黄、淡白搭配，产生优雅、舒适的氛围。

橙色也是一种令人激奋的色彩，具有轻快、欢欣、热烈、温馨、时尚的效果。

黄色充满快乐和希望，给人丰收的印象，它的亮度最高，有温暖感，具有快乐、希望、智慧和轻快的个性，让人感觉灿烂辉煌。

蓝色永恒、勃发，最具凉爽、清新、专业的色彩，同白色混合，能体现温顺、淡雅、浪漫的气氛，让人感觉平静、充满智慧。

紫色给人神秘、压迫的感觉。

白色给人明快、纯真、清洁的感受，有时让人感觉有无尽的希望，有时却让人感觉恐惧和悲哀。

黑色给人深沉、神秘、寂静的感受。

灰色是一种中庸、平凡、温和、谦让、中立和高雅的颜色。

（3）网站的标准字体。

同标准色彩一样，标准字体一般指用于标志、标题、主菜单的特有字体。网页默认的字体一般是中文宋体和西文 Times New Roman。

为了体现网页的特有风格，也可以根据需要选择一些特殊字体，如飘逸的华文行楷、返朴归真的隶书和亲切随意的手写体等。总之，要根据自己网页所要表达的内涵，选择与主题相符合的字体。

教你一招：当使用非默认字体时，最好的办法是用图像处理软件做好效果保存为图片格式，再把它们插入到网页中。这样可以避免当浏览者的计算机里没有你使用的特殊字体时而看不到相应的效果。

1.5.4　网站的信息组织与创意设计

很多初学者确定网站题材后就立刻开始制作，当制作完毕后却发现，网站结构不清晰、目录庞杂，结果不但浏览者看得糊涂，自己维护网站也相当困难。所以在制作网站前，应考虑好以下 3 个方面的问题：

（1）栏目和版块。

（2）网站的目录结构和链接结构。

（3）网站的整体风格和创意设计。

1. 确定网站的栏目和版块

栏目实际上是一个网站的大纲索引，在栏目的安排上可以参考如下技巧：

（1）紧扣主题。一般的做法是：将主题按一定的方法分类并将它们作为网站的主栏目，并且主题栏目个数在总栏目中要占绝对优势，这样的网站显得专业、主题突出，容易给人留下深刻的印象。

（2）设置一个最近更新栏目或网站指南栏目。网上应该不断的有新事物出现，每天都有新花样。可以定期改变主页上的图像或更改主页的样式，为保持新鲜感，应该时刻确保主页提供的是最新信息。

（3）设置可以双向交流的栏目。这个不需要太多，但一定要有。例如论坛、邮件、留言本等。

2. 确定网站的目录结构和链接结构

网站的目录结构是指建立网站时创建的目录。目录结构的好坏，对站点本身的上传维护、内容扩充和移植有着重要的影响。

一般情况下不要将所有的文件都存放在根目录下，要按栏目内容建立子目录。如一个企业站点可以按公司简介、产品介绍、售后服务等建立相应的子目录。

网站的链接结构是指页面之间相互链接的拓扑结构。它建立在目录结构的基础上，但可以跨越目录。网站的链接结构一般有两种基本方式：树状链接结构（一对一）和星状结构（一对多）。

3. 确定网站的整体风格及创意设计

网站风格（Style）是指站点的整体形象留给浏览者的感受，风格应该建立在有价值的内容基础上。例如：学校网站一般会展现一种教育色彩，具有书香气息；游戏网站气势恢弘，画面华丽，多姿多彩；个人网站则只要根据自己的喜好制作出自己喜欢的网页就可以。

有风格的网站让人觉得有品位、和蔼可亲、与众不同，大大提高了浏览者的兴趣。明确自己网站想留给人什么样的印象后，就努力建立和加强这种印象并在实践中不断强化、调整和装饰。

网站创意（Idea）是网站生存的关键，好的创意有利于网站的发展。

1.6　网站的发布

主页制作完毕后紧接着就是域名和空间的申请，为自己的网站在网络上安"家"。

1.6.1　域名介绍

通常情况下，我们都是通过域名来访问网站。Internet 域名是 Internet 网络上一个网络系统的名字。域名是由若干个英文字母或数字组成，由"．"分隔成几部分。域名的不同部分代表不同的含义，如.com 表示的是商业机构，.net 表示的是网络服务机构，.gov 表示的是政府机构，.edu 表示的是教育机构。

你知道吗？

nju.edu.cn 是南京大学服务器的域名，它各部分的含义你知道吗？

nju 是 **n**an **j**ing **u**niversity（南京大学）的缩写，.edu 代表的是教育机构，.cn 代表的是中国网站。

1.6.2　域名和空间申请

域名分免费和付费两种方式。普通用户可以到一些提供免费域名的网站（如天极网 http://www.yesky.com、网易http://www.netease.com等）去申请注册免费的域名。

如果不清楚哪些网站提供此项服务，可以通过搜索引擎进行查找。如图 1.10 所示即为利用百度（www.baidu.com）搜索免费主页空间的界面，单击按钮"百度一下"，就会出现如图 1.11 所示的搜索结果，通过超链接进入相关网站，按照提示填写注册的域名、密码、E-mail 地址等信息即可，如图 1.12 所示。当然，最后千万别忘了要记下网站提供的用户名、密码及域名。

图 1.10　搜索免费空间

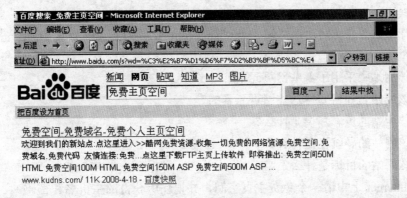

图 1.11　搜索结果

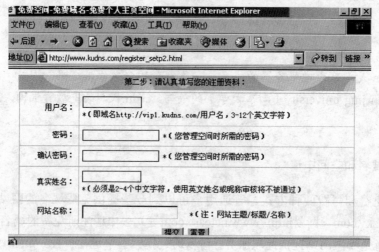

图 1.12　申请免费域名

有些网站号称提供免费空间，实际上申请并填写了相关信息后却发现根本无法正常使用。所以要做专业的网站，还是要花钱到专业供应商网站申请。性价比较好的供应商有：

- 中域互联 http://www.118cy.net/。
- 中国互联 http://www.163ns.com.cn/。
- 申城数据 http://www.021dc.com/pdtshw/dmeshw/index.asp。
- 互连在线 http://www.518com.net/。

1.6.3　网站上传

一般情况下，我们使用 FTP 上传网站。网页制作软件 Dreamweaver 本身也具有 FTP 的功能。当将网页制作完成后，可以使用此功能直接上传而不需要用专门的 FTP 工具。至于如何使用 Dreamweaver 上传网站，将在下一篇介绍 Dreamweaver 使用方法时详细讲解。

至此，我们已对网站设计及网页制作的基础知识大体上做了介绍。当然，或许到真正动手设计网站及制作网页时，回头再看这部分内容体会会更加深刻。

实训项目

1．打开浏览器并访问新浪网站（www.sina.com.cn），查看其 HTML 代码，并回答下列问题：

（1）该网站中采用了哪些网页元素？

（2）该网站是如何安排这些网页元素的？

（3）该网站的色彩基调是什么？

（4）该网站的导航栏是什么？

（5）该网站的目标是什么？

2．到 Internet 上申请一个免费主页空间，并记住所获得的主机名和密码。

应用篇——网页制作技术

学习了网站及网页的基础知识后，你是否会想：网站相关概念是明白了，但该如何着手去实现网站呢？答案就是——用"网页三剑客"！

"网页三剑客"即 Flash、Fireworks、Dreamweaver 三个软件，其中，Flash 主要用来制作网页动画、Fireworks 用来编辑处理网页图像、Dreamweaver 用来设计网站及制作相关的网页。这三者优势互补，配合得几乎天衣无缝，因此一经推出就引起极大反响，牢牢占领了网页制作市场，成为诸多网页设计师和网页制作爱好者的首选工具。

本篇通过经典实例引导大家快速掌握这三个软件。

本篇内容

第 2 章　初识 Flash

第 3 章　简单的 Flash 动画

第 4 章　复杂的 Flash 动画

第 5 章　初识 Fireworks

第 6 章　Fireworks 的应用

第 7 章　初识 Dreamweaver

第 8 章　建立第一个个人网站

第 9 章　创建简单静态网页

第 10 章　网页布局

第 11 章　模板和库

第 2 章　初识 Flash

本章要点

● Flash MX 2004 的启动
● Flash MX 2004 的工作界面
● Flash MX 2004 工具面板的使用

2.1　Flash MX 2004 的启动

安装 Flash MX 2004 后，单击桌面左下角的"开始"→"程序"→Macromedia→Macromedia Flash MX 命令，即可打开 Flash MX 2004，如图 2.1 所示。

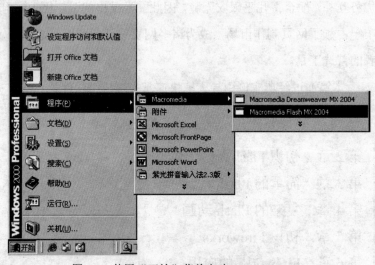

图 2.1　使用"开始"菜单启动 Flash MX 2004

2.2　Flash MX 2004 的工作界面

Flash MX 2004 的工作界面如图 2.2 所示。从图中可以看到特别添加了标注的"工具面板"和用于快速打开项目的"选项板"，在"选项板"区单击"创建新项目"下的"Flash 文档"，就新建了一个空白的未命名的 Flash 文件。一个空白的 Flash 文件主要由时间轴、场景区等组成，如图 2.3 所示。

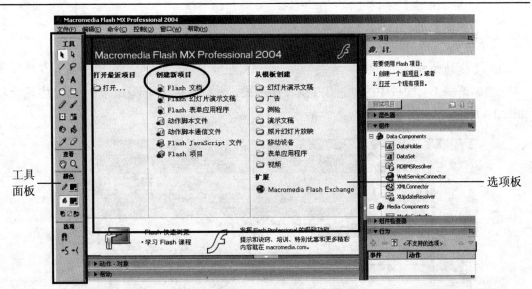

图 2.2 Flash MX 2004 的工作界面

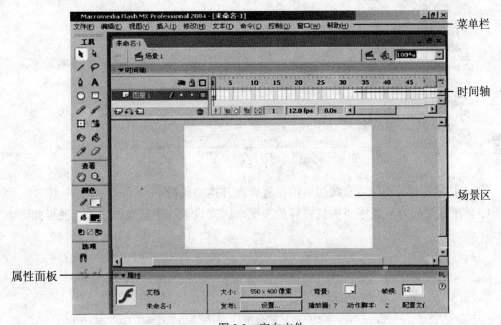

图 2.3 空白文件

2.3 工具面板的使用

工具面板包括一套完整的 Flash 创作工具，有绘图工具按钮、查看调整按钮、颜色工具按钮和选项设置工具按钮 4 类。可以借助颜色修改工具和选项设置工具进一步修改绘图工具的颜色和细化它们的功能。一旦某个工具被选中，它的选项设置将自动出现在工具栏的下方。下面先讲解几个最基本工具的使用，其他工具的使用适当穿插在后面的实例中讲解。

2.3.1　直线工具的使用

1. 直线的绘制

（1）单击工具面板中的"直线工具"图标 ，此时光标在场景中变成一个十字形状，如图 2.4 所示。

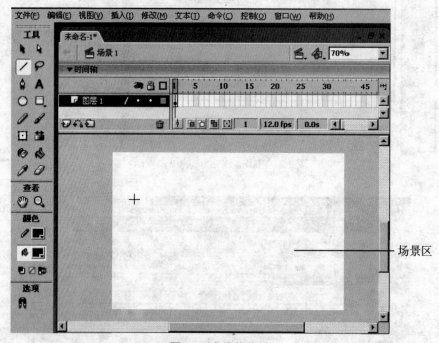

图 2.4　直线的绘制

（2）在场景中需要作为直线起点的位置单击并拖动鼠标。

（3）在需要作为直线终点的位置释放左键，就完成了一条直线的绘制，效果如图 2.5 所示。

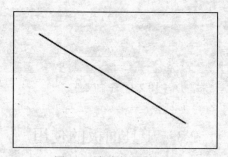

图 2.5　直线的绘制效果

2. 直线的属性设置

在绘制一条直线时，可能会对系统默认的各种属性不满意，可以在"属性"面板中对直线的属性进行设置。

当选中直线工具时，在场景区下方的属性面板中将出现直线的有关属性，如图 2.6 所示。

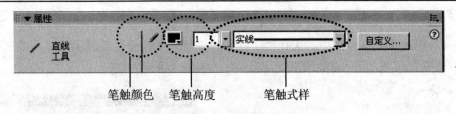

　　　　　　　　　　笔触颜色　笔触高度　　　笔触式样

图 2.6　直线的属性面板

直线的属性面板的功能介绍如下：

（1）笔触颜色：设置和改变当前所绘直线的颜色。

（2）笔触高度：改变当前直线的宽度。

（3）笔触样式：显示和选择当前直线样式。

（4）自定义笔触样式：选择用户自行定义的笔触样式。

试着改变上列参数的值，查看场景区中所绘直线的变化。

你知道吗？

如果在场景区下方找不到"属性"面板怎么办？

其实，所有的面板都可以通过在菜单栏中的"窗口"菜单的子菜单找到并打开。

2.3.2　其他工具的使用

　　其他工具的使用与直线工具差不多，都是在左边的工具栏中选中对应的图标后，在中间的场景区中操作。常用工具的作用简单介绍如下：

（1）选择工具 ：选取场景中的任意对象。

（2）线条工具 ：绘制直线。

（3）套索工具 ：选定对象的一部分。

（4）文本工具 ：书写文字。

（5）椭圆工具 ：绘制椭圆或圆。

（6）矩形工具 ：绘制矩形或多边形。

（7）铅笔工具 ：绘制线条。

（8）笔刷工具 ：用指定的填充色或填充图案绘制图形。

（9）任意变形工具 ：可改变对象的形状，做缩放、旋转、倾斜、扭曲等。

（10）墨水瓶工具 ：用于改变轮廓线的外观（颜色、高度、线型）。

（11）颜料桶工具 ：用于填充对象。

（12）滴管工具 ：用于从已有的对象中获取属性。

（13）橡皮擦工具 ：擦除图形对象。

（14）缩放工具 ：用来放大或缩小对象。

下面仅以几个实例来演示部分工具的使用。

【例 2-1】画一个不带边线、填充色为蓝色的 100×80 的椭圆。

制作步骤：

（1）新建一个空白文档。选择"文件"→"新建"命令，在弹出的"新建文档"对话框中选择"Flash 文档"，如图 2.7 所示，然后单击"确定"按钮。

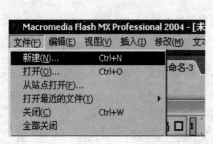 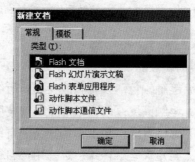

图 2.7　利用菜单栏新建文档

（2）选择椭圆工具。在"工具"面板中单击选中椭圆工具，如图 2.8 所示。

图 2.8　工具面板

（3）设置边线颜色。在工具面板的颜色区域中单击设置"笔触颜色"的按钮，弹出颜色列表，单击按钮 设置椭圆无边线，如图 2.9 所示。

（4）设置填充色。在工具栏的颜色区域中单击设置"填充色"按钮，弹出颜色列表，选择"蓝色"，设置椭圆填充色为蓝色，如图 2.10 所示。

（5）绘制椭圆。将鼠标移到场景区，在起点处按下左键并拖动，松开鼠标即完成了一个任意大小椭圆的绘制。

（6）修改椭圆属性。单击工具面板左上角的"选择工具"按钮，在所绘椭圆上单击选中椭圆，在属性面板中先单击"锁定长宽比"按钮 取消长宽的锁定，然后在"实例宽度"区域中输入椭圆宽度为 100，在"实例高度"区域中输入椭圆高度为 80，如图 2.11 所示。

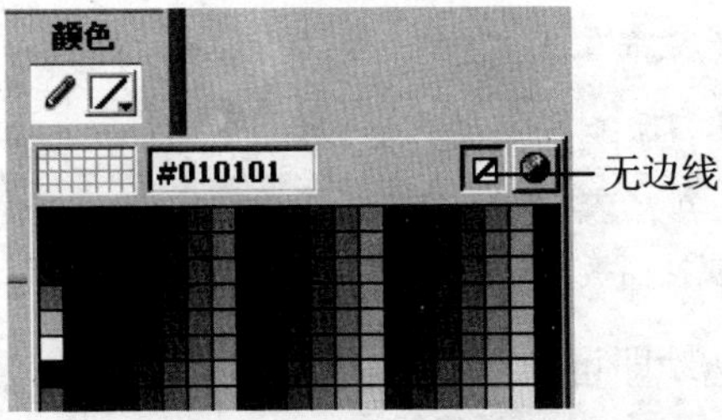

图 2.9　设置边线颜色

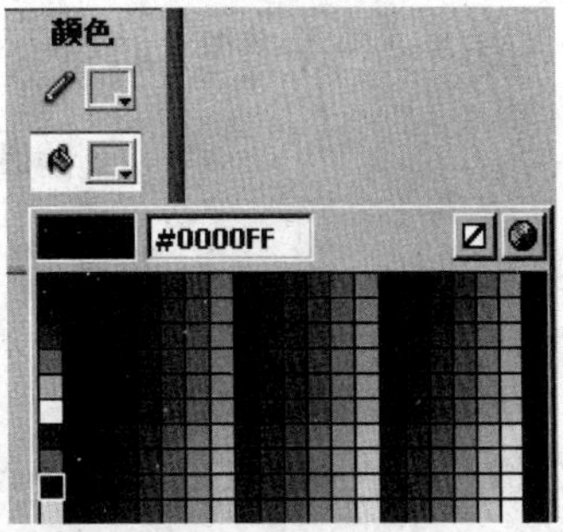

图 2.10　设置填充色

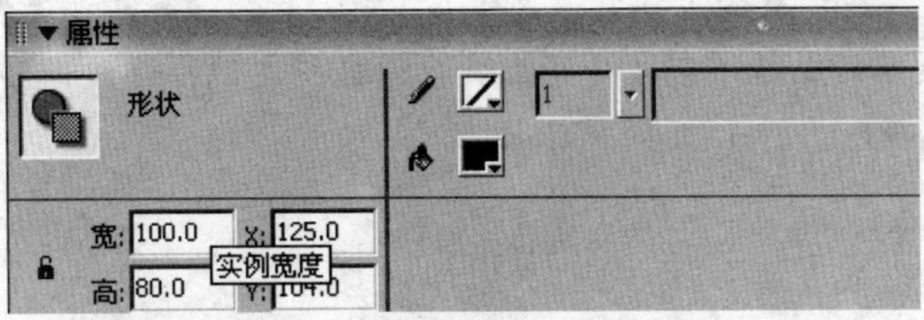

图 2.11　利用属性面板修改椭圆大小

【例 2-2】画一个边线颜色为绿色，宽度为 2 像素，无填充色，边角半径为 12 点的圆角矩形。

制作步骤：

（1）用鼠标左键按住工具面板中的矩形工具不放，在出现的子工具中选择“矩形工具”，如图 2.12 所示。

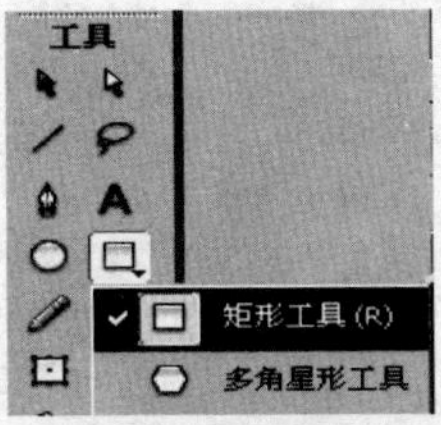

图 2.12　选择“矩形工具”

（2）在工具面板下方的选项区域中单击“圆角矩形半径”按钮，将打开“矩形设置”对话框，将“边角半径”设置为 12（此处设置的数值越大，所绘制的矩形边角越圆滑），如图 2.13 所示，单击“确定”按钮。

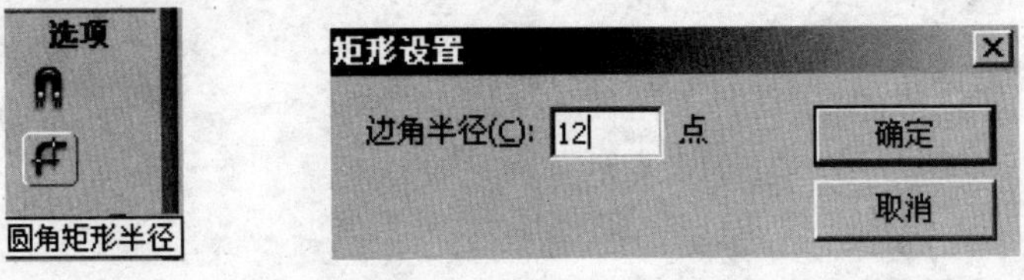

图 2.13　“矩形设置”对话框

（3）在属性面板中单击“笔触颜色”按钮，选择绿色，在“笔触高度”区域输入数字 2，单击"填充颜色"按钮设置无填充色，如图 2.14 所示。

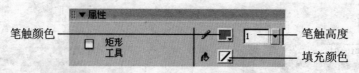

图 2.14　矩形的属性面板

（4）将光标移至场景中，按住鼠标左键并拖动即可绘制出所需的圆角矩形。

你知道吗？

在"工具面板"中，有的工具右下角有小三角，有的没有，这是为什么呢？

有小三角的表示该工具下有多个子工具，用鼠标左键按住该工具不放即会出现子工具。可根据需要选择所需的子工具。

实训项目

1. 绘制一个无填充色、边线为红色、大小为 80×60 的椭圆。
2. 利用工具面板的橡皮擦工具擦除所绘的椭圆。
3. 绘制一个无填充色，边线颜色为绿色，宽度为 30 像素的矩形。
4. 利用缩放工具放大、缩小矩形。
5. 利用颜料桶工具 ⬧，给矩形填充红色。
6. 试试工具面板中其他工具的使用。

第 3 章　简单的 Flash 动画

本章要点

- Flash 动画的原理及帧的概念
- 逐帧动画的制作
- 动作补间动画的制作
- 形状补间动画的制作

3.1　Flash 动画基础

3.1.1　Flash 动画的原理

小时候看过露天电影的朋友可能都看过放映员手上拿的电影胶片，它由一格一格的画面组成，我们所看到的电影就是由这一格一格的静止画面连续播放而形成的。由于景物在人眼视网膜上的成像有一个短暂的停留，当每秒钟播放的画面数在 25 幅以上时，我们就看到了非常生动、流畅的电影。

同理，Flash 动画也是利用人眼的视觉误差，在 1 秒钟内连续播放 12 幅以上的静止画面，由于前后画面内容差距不大，给人错觉好像是连续运动的动画。

3.1.2　Flash 动画中的帧

帧是构成 Flash 动画的基本单位，也是学习 Flash 必须掌握的重点内容。

1. 帧的概念

帧就是在最小时间单位中出现的画面，一帧就是一个画面。利用 Flash 制作动画，简单来说就是要在时间轴上确定动画的每一帧需要显示什么内容。

2. 帧的类型

时间轴中的每一个小方格就代表一个帧，一帧用来存放 Flash 动画中某一时刻的画面。帧是组成动画的基本单位，分为关键帧、普通帧和空白关键帧 3 种，它们在时间轴中各自的表示方法如图 3.1 所示。

（1）关键帧。关键帧是对象可发生变化的帧（如起始帧、结束帧），其中包含一幅静止的画面。在时间轴上用一个黑色小圆圈表示。

（2）普通帧。普通帧的内容永远与其前面的关键帧完全相同，在制作动画时，可用普通帧延长动画的播放时间。在时间轴上用一个空心矩形表示。

（3）空白关键帧。空白关键帧其中没有任何内容，主要用于画面与画面之间的间隔效果。在时间轴上用空心小圆圈表示。

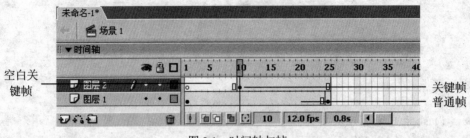

图 3.1　时间轴与帧

3.1.3　Flash 动画的类型

1．逐帧动画

每一帧都是关键帧，帧的内容都是由用户给出的，适合制作相邻关键帧中对象变化不大的动画。

2．补间动画

用户制作好若干关键帧后，由 Flash 通过计算生成中间各帧，使得画面从一个关键帧过渡到另一个关键帧，这种动画又可以分为"运动补间动画"和"形变补间动画"，一般情况下制作者只要确定"起始帧"和"结束帧"即可。

3.2　简单动画制作

3.2.1　制作逐帧动画

【例 3-1】制作一个"小球从左到右滚动"的逐帧动画，并导出为影片。

制作步骤：

（1）新建一个空白文档。选择"文件"→"新建"命令，在弹出的"新建文档"对话框中选择"Flash 文档"，然后单击右下角的"确定"按钮。

（2）设置文档的大小和背景色。选择"修改"→"文档"命令，弹出"文档属性"对话框，设置文档大小为 500×200 像素、背景色为白色、帧频（每秒钟播放的帧数）和标尺单位不变，如图 3.2 所示。

图 3.2　"文档属性"对话框

（3）显示标尺和网格线。选择"视图"→"标尺"命令及"视图"→"网格"→"显示网格"命令，在场景区将显示标尺和网格线。

选择"视图"→"网格"→"编辑网格"命令，在弹出的"网格"对话框中设置网格线的颜色为灰色、宽度和高度均为 20px，如图 3.3 所示。

图 3.3 "网格"对话框

（4）创建第 1 幅画面。单击"时间轴"的第 1 帧，在场景区的左边第二网格处画一个不带边线、50×50 的蓝色小球，如图 3.4 所示。

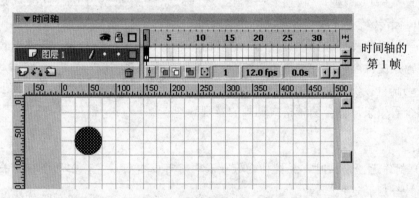

图 3.4 逐帧动画的第 1 帧

（5）创建第 2 幅画面。单击时间轴的第 2 帧，选择"插入"→"时间轴"→"关键帧"命令（或按 F6 键），此时默认选中小球，利用键盘方向键（向右箭头）将小球向右移动一个网格，如图 3.15 所示。

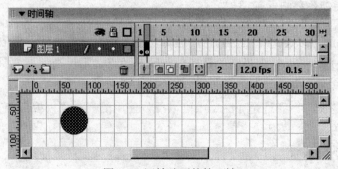

图 3.5 逐帧动画的第 2 帧

（6）创建第 3～10 幅画面。同理，创建第 3～10 关键帧，每 1 帧将小球向右移动 1 个网格，如图 3.6 所示。至此，一个包含 10 帧内容的逐帧动画就创建完成了。

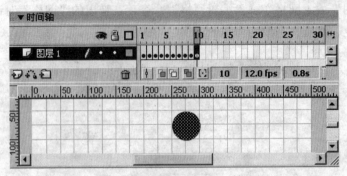

图 3.6　逐帧动画的第 10 帧

（7）查看效果。选择"控制"→"测试影片"命令（或按 Ctrl+Enter 组合键），可以看到一个小球循环从左往右运动，证明动画创建成功。

（8）保存动画。一般情况下有两种保存方式，即：

- 直接保存。选择"文件"→"保存"命令，文件类型为.fla（此类型文件必须在 Flash 环境下才能播放）。
- 导出为影片。选择"文件"→"导出"→"导出影片"命令，在弹出的对话框中输入文件名，文件类型为.swf（此类型文件可直接播放）。

将该动画直接保存为 ball.fla，并导出为影片 ball.swf，比较两个文件的大小，并分别打开它们查看效果，体会两种格式动画的区别。

总结：

（1）制作逐帧动画时，关键帧的数量和内容可以自行设定，但两个相邻关键帧的内容必须保持合理的连续性。

（2）从上例可以看到，如果动画每一帧的内容都由制作人员自行设定，工作量是非常巨大的。事实上，动画的制作是由制作人员先制作好若干关键帧，再由 Flash 通过计算生成中间各帧，这种动画又可以分为"运动补间动画"和"形变补间动画"。

3.2.2　制作动作补间动画

动作补间动画可以通过 Flash 的自动运算功能，对对象的移动、缩放、旋转、颜色渐变等变化进行处理。需要特别说明的是动作补间动画只适用于文字、位图和元件的实例。

1. 元件与实例

（1）元件的概念。元件是 Flash 中可以反复使用的一个"模板"，它可以是图形、按钮或一段小动画。

（2）元件的创建。

【例 3-2】新建一个名为 ball 的小球元件。

制作步骤：

1）新建一个空白文件。

2）选择"插入"→"新建元件"命令，弹出如图 3.7 所示的"创建新元件"对话框，在"名称"文本框中输入元件名称 ball，在"行为"栏中选择元件的类型为"图形"。各行为的作用如下：

● 图形：一般用来创建可反复使用的静止对象。

● 按钮：用于创建动画的交互控制按钮，用以响应鼠标事件，如滑过、单击等。

● 影片剪辑：是一段动画且可以独立播放，当播放主动画时，影片剪辑元件也在循环播放。

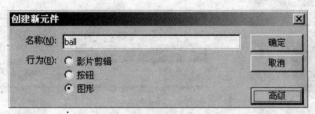

图 3.7　"创建新元件"对话框

3）单击"确定"按钮，就创建了名为 ball 的空白图形元件并进入元件编辑区。在元件编辑区的上边有一个图形元件图标，其后显示图形元件的名称，如图 3.8 所示。

4）在元件的场景中绘制一个红色不带边线的小球；

5）制作好的元件保存在"库"面板中，可选择"窗口"→"库"命令，打开"库"面板进行查看。

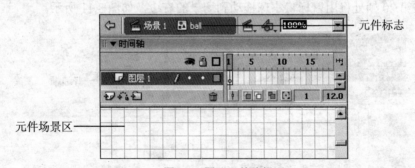

图 3.8　图形元件编辑区

（3）实例的概念。

元件生成的对象称为实例，一个元件可以生成多个实例。

2．创建动作补间动画

【例 3-3】制作一个 "小球从左到右滚动"的动作补间动画，并导出为影片。

制作步骤：

（1）新建一个空白 Flash 文档，选择"文件"→"保存"命令，将文件保存为 ball2.fla。

（2）选择"修改"→"文档"命令，设置动画的大小为 500 像素×200 像素，背景色为白色。

（3）选择"视图"→"网格"→"显示网格"命令，在场景区显示网格。

（4）选择"插入"→"新建元件"命令，新建一个名为 ball，类型为"图形"的小球元件，并用例 3-2 所讲的方法绘制一个小球。

（5）选择"编辑"→"编辑文档"命令，返回到动画的主场景中。为防止机器出现意外，选择"文件"→"保存"命令，及时保存中间结果。

（6）选择"窗口"→"库"命令，打开库面板，如图 3.9 所示，选中 ball 元件，将其拖动到主场景的左边合适位置，此时系统自动创建了第 1 个关键帧，表现形式是黑色的小圆圈，内容是根据元件 ball 生成的一个实例，如图 3.10 所示。

图 3.9 库面板

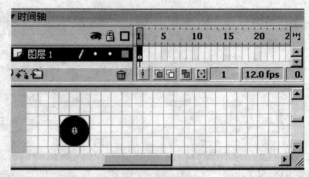

图 3.10 创建关键帧 1

（7）单击时间轴的第 20 帧，按 F6 键插入关键帧，此时可以看到，自动生成的第 2～19 帧为普通帧，表现形式是空心矩形，内容自动与前一关键帧相同。

（8）在第 20 帧处将用鼠标将小球拖动到场景的右边，如图 3.11 所示。

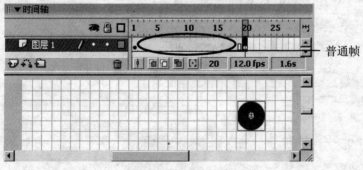

图 3.11 创建关键帧 20

（9）单击选中第 1 帧，选择"窗口"→"属性"命令，打开属性面板。如图 3.12 所示，在"补间"下拉列表中选择"动作"选项，此时可以看到在第 1～20 帧之间产生了一条背景为淡紫色的箭头线，表示 Flash 已成功计算出"小球从场景左边运动到场景右边"的中间各位置，自动创建动画成功。可以单击时间轴的第 2～19 帧，查看中间各位置。

（10）按 Ctrl+Enter 组合键测试影片，查看效果。

（11）按 F2 键保存文件 ball2.fla，选择"文件"→"导出"→"导出影片"命令，在弹出的"导出影片"文本框中选择合适的保存位置，并输入文件名 ball2.swf。

图 3.12　属性面板

你知道吗？

上例中，制作人员确定对象运动的起点和终点后，由计算机自动计算中间各帧的位置。此时，对象做匀速运动。如果对象存在加速度，即做非匀速运动，该如何实现呢？如果对象在移动的同时想让颜色发生变化、旋转及大小缩放呢？

其实，这些效果都可以通过"属性"面板来实现。

【例 3-4】 在例 3-3 的基础上实现小球运动的同时颜色、大小及速度发生变化。
制作步骤：

（1）打开已有的 Flash 文档。选择"文件"→"打开"命令，在弹出的"打开"对话框中找到例 3-3 保存的文件 ball2.fla，选中打开。

（2）单击选中第 20 帧（此时默认选中第 20 帧上的所有对象），在空白处单击取消对所有对象的选择，然后在小球上单击单独选中小球，这时"属性"面板的内容变为选中的小球实例的属性，包括实例宽和高、位置、名称、颜色等，如图 3.13 所示。

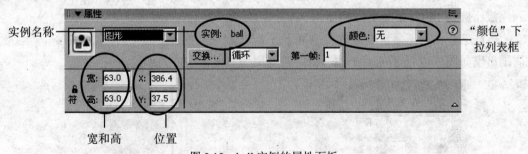

图 3.13　ball 实例的属性面板

（3）修改实例颜色。

单击属性面板的"颜色"下拉列表框右边的箭头，出现如图 3.14 所示的 5 个选项，各部分功能如下：

- 无：取消实例的颜色效果。
- 亮度：用于设置实例的亮度，100%最亮为白色，-100%最暗为黑色。
- 色调：用于重新设置实例的色调。
- Alpha：用于设置实例的不透明度，取值范围为 0%～100%。100%为完全不透明状态，好像一堵墙；0%为完全透明状态，好像透明玻璃；介于两者之间的数字为半透明状态。

● 高级：主要用于对实例的颜色、亮度和透明度进行综合调整。

图 3.14　　"颜色"下拉列表框

本例选择"色调"选项，此时"颜色"栏如图 3.15 所示，单击"颜色"调节框，在弹出的颜色列表中选择色调颜色为绿色（#00FF00）。当然也可以通过第二行的 RGB（红、绿、蓝）三原色数值框来改变实例的色调，本例的绿色对应 RGB 值分别为 0、255、0。"颜色"调节框右边的数值框用来设置 RGB 颜色对实例的影响程度，数值越大，影响越大，数值为 0 时没有任何影响。

图 3.15　　"色调"选项

（4）修改实例大小。

方法一：在属性面板的宽度区输入 100，高度区输入 100。

方法二：选择"窗口"→"设计面板"→"变形"命令，在弹出的"变形"面板中输入缩放比例为 150，如图 3.16 所示。

方法三：如果无需精确缩放，也可通过"修改"→"变形"→"缩放"命令，当实例周围出现如图 3.17 所示的 8 个调节框时，利用调节框来调整大小。

图 3.16　　"变形"面板

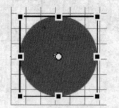

图 3.17　利用调节框调整大小

（5）改变实例运动的速度。单击选中第 1 帧，在属性面板的"简易"文本框中输入正值 100，让小球做减速运动。

"简易"文本框可用来改变实例运动的速度，负值（-1～-100）表示速度越来越快，正值（1～100）表示速度越来越慢。

（6）保存文件。选择"文件"→"另存为"命令，将文件另存为 ball3.fla，并导出相应的影片。

总结：

本例中涉及到下列知识点，你都掌握了吗？

①调整实例颜色；②调整实例大小；③调整实例运动速度。

【例 3-5】"文字旋转"效果的实现。

制作步骤：

（1）新建一个空白 Flash 文档，选择"文件"→"保存"命令，将文件保存为 text.fla。

（2）选择"修改"→"文档"命令，设置动画的大小为 200 像素×200 像素，背景色为白色。

（3）选择"视图"→"标尺"命令，在场景区显示标尺。

（4）在垂直标尺处按住鼠标左键向右拖出一条绿色引导线到水平标尺 100 像素处，同样，在水平标尺处按住鼠标左键向下拖出一条引导线到垂直标尺 100 像素处，两引导线的交点即为场景区的中心点，如图 3.18 所示。

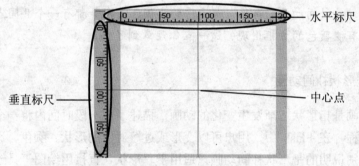

图 3.18　利用引导线定位

（5）单击工具栏中的文本工具 **A**，将鼠标光标移到场景中，当其变为 $^{+}$A 形状时，按住鼠标左键拖动，出现一个虚线框，将虚线框拖至适当大小后，释放鼠标将出现一个文本框 ，利用属性面板设置字体为"隶书"，字号 40，颜色为#990000，如图 3.19 所示。

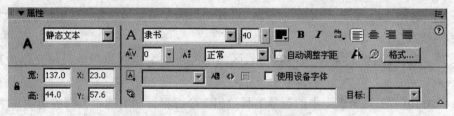

图 3.19　文本工具的属性面板

（6）在文本框中输入文字"江海学院"，单击工具栏中的选择工具 ，然后在刚才所写的文字上单击选中文字，按住鼠标左键将文字拖到场景的中心位置，如图 3.20 所示。

（7）在时间轴的第 20 帧单击，按 F6 键插入关键帧。

（8）单击选中第 1 帧，在属性面板的"补间"下拉列表中选择"动作"，在"旋转"下拉列表中选择"顺时针"，并输入旋转次数为 1，如图 3.21 所示。

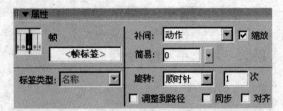

图 3.20 文字的录入   图 3.21 设置自动建立动画及文字的旋转方向

（9）按 Ctrl+Enter 组合键查看结果，并导出影片。

总结：

在本例中补充了两个知识点，请仔细体会：

（1）利用标尺进行定位。

（2）文字的录入及编辑。

所有能创建动作补间动画的对象，如元件的实例、文字等都有一个共同点：选择该对象时，其四周都有淡蓝色的方框出现。这一点你注意到了吗？

3.2.3 制作形状补间动画

形状补间动画是指形状逐渐发生变化的动画，描述了在一段时间内将一个对象变形为另一个对象的过程。在 Flash 中，用户可以变形或过渡对象的形状、颜色、透明度、大小及位置。需要特别说明的是形状补间动画只适用于"形状（直接用绘图工具绘制出来的对象）"，而元件、群组、位图及文字，必须先将它们分解，然后再做形变，具体实现办法后面会详细介绍。

【例 3-6】制作"圆变形为矩形"的形状补间动画。

制作步骤：

（1）新建一个空白 Flash 文档，选择"文件"→"保存"命令，将文件保存为 shape.fla。

（2）选择"修改"→"文档"命令，设置动画的大小为 400 像素×400 像素，背景色为白色。

（3）单击时间轴的第 1 帧，在场景区的中间画一个边线为黑色、填充色为黄色的椭圆。

（4）利用"工具面板"中的选择工具拉出一个方框，同时选中椭圆的边线和填充色，在属性面板中可以看到对象为"形状"，表示它符合创建形状补间动画的条件。在属性面板中设置椭圆的宽度和高度都为 100，如图 3.22 所示。

（5）单击选中第 25 帧并按 F6 键，此时 Flash 自动在该帧创建关键帧，且内容与第 1 帧相同。利用"面板"工具中的选择工具拉出一个方框，同时选中椭圆的边线和填充色，按键盘上的 Delete 键删除第 25 帧的椭圆，并在该帧重画一个 100×100 的矩形（大小也可以自定）。

图 3.22　属性面板

（6）单击选中第 1 帧，在属性面板的"补间"下拉列表中选择"形状"选项，此时可以看到在第 1～25 帧之间产生了一条背景为淡绿色的箭头线，表示 Flash 已成功计算出对象"从圆变化成矩形"的中间各状态，自动创建动画成功。可以单击时间轴的第 1～25 帧，查看形变中间的各状态，如图 3.23 所示。

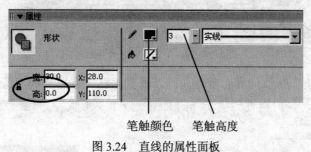

图 3.23　第 1、8、16、25 帧的形状

（7）保存文件，查看结果并导出影片。

【例 3-7】"直线延伸"效果的实现。

本例实现将一条短直线慢慢延长（变形）为一条长直线的效果。

制作步骤：

（1）新建一个空白 Flash 文档，选择"文件"→"保存"命令，将文件保存为 Line.fla。

（2）选择"修改"→"文档"命令，设置动画的大小为 400 像素×200 像素，背景色为白色。

（3）单击"时间轴"的第 1 帧，利用"直线"工具在场景区的左边画一条短直线。

（4）利用属性面板设置直线的宽度为 30，高度为 3，颜色为黑色，如图 3.24 所示。

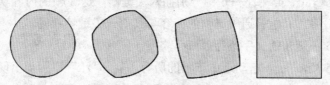

笔触颜色　　笔触高度

图 3.24　直线的属性面板

（5）单击选中第 25 帧并按 F6 键，此时 Flash 自动在该帧创建关键帧，且内容与第 1 帧相同。在第 25 帧选择直线，利用属性面板设置其宽度为 300。

（6）单击选中第 1 帧，在属性面板的"补间"下拉列表中选择"形状"，此时可以看到在第 1～25 帧之间产生了一条背景为淡绿色的箭头线，表示 Flash 已成功计算出"直线从短到长"的中间各状态，自动创建动画成功。

（7）保存文件，查看结果并导出影片。

【例3-8】字符变化效果:"江→海→学→院"的实现。

本例实现将字符"江"依次变形为"海"、"学"和"院"的效果。

制作步骤:

（1）新建一个空白 Flash 文档,选择"文件"→"保存"命令,将文件保存为 Alpha.fla。

（2）选择"修改"→"文档"命令,设置动画的大小为 200 像素×200 像素,背景色为白色。

（3）用"工具面板"上的文本工具,在第 1 帧的场景区中间写上文字"江"。

（4）利用"工具面板"的"选择"工具在文字上单击选中文字,在属性面板中设置字体为"隶书",字号 96,并利用键盘方向键或属性面板的位置文本框将其微调至场景区中心。

（5）在第 15、30、45 帧按 F6 键分别插入关键帧,这 3 帧的内容默认与第 1 关键帧相同,都为"江"字,其他普通关键帧的内容与其前一关键帧相同。

（6）将第 15 关键帧的文字改为"海"。

1）单击第 15 帧,Flash 自动选中该帧的所有内容,"江"字四周出现淡蓝色方框。

2）单击选中工具栏中的文本工具 A,然后在场景区淡蓝色方框内从左向右拖动选中"江"字,重新输入"海"字取代原来的"江"字。

（7）用同样的方法将第 30 帧的内容改为"学"字,将第 45 帧的内容改为"院"字。

（8）将各关键帧的内容变成适合做"形状补间动画"的形状。

1）单击选中第 1 帧,然后利用"工具面板"的选择工具在"江"上单击选中文字,属性栏就出现了文字"江"的各属性,可以看到现在它的类型是"静态文本",而不是"形状",如图 3.25 所示,所以还不能直接作为"形状补间动画"。

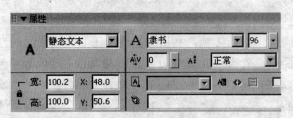

图 3.25　文字"江"的属性面板

2）选择"修改"→"分离"命令,可以看到"江"字四周的淡蓝色方框消失了,而以黑底白点取代了,同时属性栏"江"的类型变成了"形状",如图 3.26 所示。

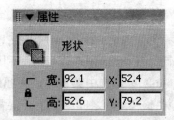

分离前的"江"字　　　　　　　　　　　　　分离后的"江"字属性面板

图 3.26　文字分离

3）在第 15、30、45 各帧选择"修改"→"分离"命令，分别将"海"、"学"、"院" 3 个字从"静态文本"变成"形状"。

（9）先单击第 1 帧，然后按住 Shift 键不放，再单击第 45 帧，就同时选中了 1～45 帧。

（10）在属性面板的"补间"下拉列表中选择"形状"，此时可以看到时间轴上每两个关键帧之间都产生了一条背景为淡绿色的箭头线，表示 Flash 已成功计算出"字符变化"的中间各状态，自动创建动画成功。

（11）保存文件，查看结果并导出影片。

提示： 通过本例或许大家已经知道对于其他不能直接做"形状补间动画"的对象（如元件、群组、位图等），也能通过"修改"→"分离"命令，先变为"形状"，然后再做形变动画。

至此我们已经把有关简单动画制作的相关知识都讲解完了，你都学会了吗？它们可都是学习下一章——"复杂的 Flash 动画制作"的基础哦。

3.3　综合实例

【例 3-9】"旋转风车"的制作。

知识准备：三角形的绘制。

Flash 没有现成的三角形工具，三角形是通过矩形变形得到的，具体步骤如下：

（1）单击"工具"面板中的矩形工具 □，然后在"工具"面板的颜色区域中单击设置"笔触颜色"的按钮，弹出颜色列表，单击 ☑ 按钮，设置矩形为无边线。

（2）在"工具"面板的颜色区域中单击设置"填充色"的按钮 ，弹出颜色列表，选择"黄色"，设置矩形填充色为黄色。

（3）将光标移到场景区，在起点处按下左键向右下方拖动鼠标后松开，即完成了一个任意大小矩形的绘制。

（4）选择"工具"面板左上角的"选择工具"，单击选中矩形，在属性面板的"实例宽度"区域 宽:25.0 中输入矩形宽度 50，在"实例高度"区域 高:25.0 中输入矩形高度 80，所绘矩形如图 3.27 所示。

（5）单击选中"工具"面板的"选择工具"，将光标移到所绘矩形的右上角（注意千万不要选中矩形），此时光标箭头右下角的虚框变成了一个直角，按住鼠标左键将右上角拖到左上角的位置，这时可以看到一个三角形已出现了，如图 3.28 所示。

图 3.27　矩形　　　　　　　　　图 3.28　由矩形变形得到的三角形

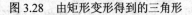

你知道吗？

变形时，若矩形处于选中状态，如何取消对矩形的选择呢？

用鼠标在空白处单击即可取消对矩形的选中。

制作步骤：

（1）新建一个空白 Flash 文档，选择"文件"→"保存"命令，将文件保存为 windmill.fla。

（2）选择"修改"→"文档"命令，设置动画的大小为 300 像素×300 像素，背景色为白色。

（3）叶片元件的制作。

1）选择"插入"→"新建元件"命令，新建一个名为 leaf，类型为"图形"的元件。

2）在 leaf 元件的编辑区绘制一个无边线，填充色为黄色，大小为 45×90 的矩形。

3）用鼠标将矩形上方的两个角拖动到上方边的中间，使之变形为一个等腰三角形。

4）将光标移到等腰三角形的一个腰上（注意不要选中三角形），此时光标箭头右下角的虚框变成一个弧形，按住鼠标左键向外拖出一个弧形，如图 3.29（a）所示。

5）用同样方法将三角形的另一个腰及底边也变形成弧形，如图 3.29（b）所示。

6）为了使叶片旋转时不致发生偏离的情况，将叶片尖端指向十字定位中心，并利用"属性面板"调整叶片大小为 35×100，如图 3.29（c）所示。

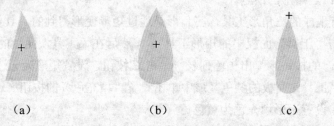

（a）　　　　　　　　　　（b）　　　　　　　　　　（c）

图 3.29　叶片元件的制作

（4）风车元件的制作。

1）新建一个名为 windmill，类型为"图形"的元件。

2）在 windmill 元件的编辑区，将"库面板"中的 leaf 元件拖动到编辑区中心。

3）选中叶片，选择"编辑"→"复制"命令（快捷键 Ctrl+C），再选择"编辑"→"粘贴到当前位置"命令（快捷键 Ctrl+Shift+V）将叶片复制在原来的位置上。

4）选择"修改"→"变形"→"缩放"命令，则新复制的叶片四周出现调节框，叶片中间的小圆圈为变形中心，如图 3.30（a）所示。

5）用鼠标将叶片的变形中心移到叶片尖端，如图 3.30（b）所示；

6）选择"窗口"菜单→"设计面板"→"对齐"命令，打开"变形"面板，在旋转（Rotate）项下输入 45，单击键盘上的回车符，新复制的叶片将围绕旋转中心顺时针旋转 45 度，如图 3.30（c）所示。

7）用同样的方法再复制出 6 个叶片，组成 8 个叶片的风车，如图 3.30（d）所示。注意，复制其他叶片时，每次旋转将"变形"面板中的旋转角度值多加 45 度。

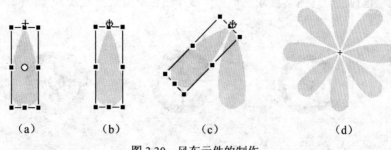

|（a）|（b）|（c）|（d）|

图 3.30　风车元件的制作

（5）选择"编辑"菜单→"编辑文档"命令，返回到动画的主场景中。为防止机器出现意外，选择"文件"→"保存"命令，及时保存中间结果。

（6）选择"窗口"菜单→"库"命令，打开"库"面板，选中 windmill 元件，将其拖动到主场景的中间位置，此时系统自动创建了第 1 关键帧，表现形式是黑色的小圆圈，内容是根据元件 windmill 生成的一个实例。

（7）单击选中第 30 帧，按 F6 键插入关键帧。

（8）选中第 1 帧，在属性面板的"补间"下拉列表中选择"动作"，并设置旋转方式为"逆时针 3 次"。

（9）选择"控制"→"测试影片"命令（快捷键 Ctrl+Enter），查看结果。

（10）修改旋转次数以适当调整风车的旋转速度，保存并导出影片。

【例 3-10】制作一个从左向右正在行驶的汽车。

分析：

（1）汽车向前行驶，位置发生变化，属于"动作动画"，动作动画的对象必须为元件，故应制作汽车元件。

（2）汽车向前行驶的同时，轮子在滚动，故滚动的轮子也应做成元件（类型为"影片剪辑"）。

（3）轮子滚动也属于"动作动画"，故在制作滚动的轮子前应先制作静态的轮子元件。

操作步骤：

（1）新建一空白文档，并命名为 car.fla。

（2）新建静态车轮元件

1）选择"插入"→"新建元件"命令，元件名为 wheel，类型为"图形"。

2）在元件 wheel 的编辑窗口中，利用缩放工具 🔍 在窗口中单击，将窗口放大为 200%，如图 3.31 所示。

3）利用"椭圆"工具，在以"十"为标志的窗口中心绘制一个大小为 15×15，边线为黑色、粗细为 2，填充色为灰色的小圆，然后再绘制一个大小为 50×50，边线颜色为黑色、粗细为 8，无填充色的大圆，如图 3.32（a）所示。

4）利用"直线"工具在两个圆之间绘制粗细为 3 的黑色直线，如图 3.32（b）所示；

图 3.31　缩放工具

5）利用"选择"工具拖动直线变形为曲线（注意不要选择直线），如图 3.32（c）所示。

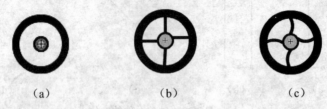

（a）　　　　　　　　（b）　　　　　　　　（c）

图 3.32　车轮的绘制

（3）新建滚动车轮元件。

1）新建名为 go wheel，类型为"影片剪辑"的元件。

2）打开库面板，将元件 wheel 拖动到元件 go wheel 的以"十"为标志的编辑窗口中心。

3）在第 20 帧处按 F6 键创建关键帧。

4）选中第 1 帧，在属性面板的"补间"下拉列表中选择"动作"，并设置旋转方向为"顺时针"，次数为 2，如图 3.33 所示。

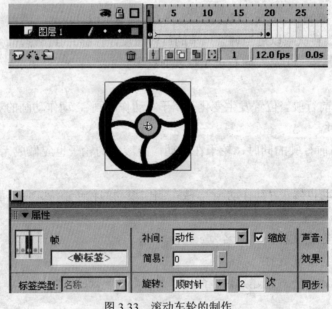

图 3.33　滚动车轮的制作

（4）新建汽车元件。

1）新建名为 car，类型为"图形"的元件，并选择"视图"→"缩放比例"→100%命令，设置窗口以 100%的方式显示。

2）利用"矩形工具"、"铅笔工具"、"颜料桶工具"及"橡皮擦工具"配以适当变形绘制自己喜欢的车身，如图 3.34（a）所示。

3）将库面板中的元件 go wheel 拖动到车身的车轮位置，如图 3.34（b）所示。

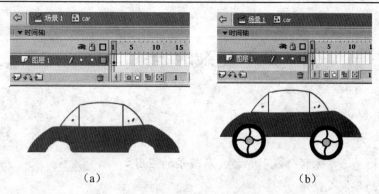

（a）　　　　　　　　　　　　　　（b）

图 3.34　汽车元件的制作

（5）单击时间轴 "场景 1"，返回到动画的主场景中，单击选中第 1 帧，将库面板的元件 car 拖到场景的左边。

（6）在第 30 帧按 F6 键创建关键帧，并在该帧将汽车拖动到场景右边。

（7）在第 1 帧创建 "动作补间"。

（8）测试并保存影片。

总结：

（1）本例涉及了元件的第三种类型 "影片剪辑"，再回顾一下各类型的作用：

● 图形：一般用来创建可反复使用的静止对象。

● 按钮：用于创建动画的交互控制按钮，用以响应鼠标事件，如滑过、单击等。

● 影片剪辑：是一段动画且可以独立播放，当播放主动画时，影片剪辑元件也在循环播放。

（2）测试影片时，为什么会出现车轮跟车身分离的现象呢？

那一定是制作时没有将车轮元件放在元件编辑区的中心。在库面板中找到车轮元件，双击进入其编辑状态，选中对象移动到编辑区的中心即可。

实训项目

1．尝试工具面板中各工具的使用。

2．制作本章中出现的所有动画效果。

3．制作一个逐帧动画，实现一段文字的各个字符依次变亮的效果。具体要求如下：

（1）文字内容可自定，如 "2008 北京奥运会！"。

（2）第 1 帧的所有文字颜色为淡颜色。

（3）第 2 帧字符 "2" 的颜色变为蓝色，其他仍为淡蓝色。

（4）第 3 帧字符 "0" 的颜色变为蓝色，其他仍为淡蓝色。

（5）依次类推，最后一帧字符 "！" 的颜色变为蓝色，其他仍为淡蓝色。

（6）制作一个 "小球从高空落下，速度越来越快" 的动画效果。

（7）制作 "矩形变形为三角形" 的动画效果。

（8）上网浏览，找出使用了 Flash 动画的网页，分析其使用的 Flash 动画的类型。

第4章 复杂的 Flash 动画

本章要点

- 层的概念、基本操作及引导层、屏蔽层的应用
- 素材的导入及使用
- 常用脚本语句的使用

4.1 层的使用

第3章中我们做的都是单个对象的简单运动，如果有多个对象同时做不同的运动，肯定要对它们分别设置运动方式，这时就需要层的帮助了。

4.1.1 层的概念

图层是动画中一个画面或一个动作的展示平台，做不同运动的对象应将它们放在不同的层上。

在 Flash 动画中，可以将图层看作一张透明的玻璃纸。一般而言，上面图层的内容会遮住下面图层相同位置的内容，但若上面图层的某个位置没有内容，通过这个位置就可以看到下面图层相同位置的内容。不同图层的内容相互叠加在一起就构成了一幅比较复杂的画面。所有对图层的操作几乎都可以通过时间轴的图层区来完成，图层区如图 4.1 所示。

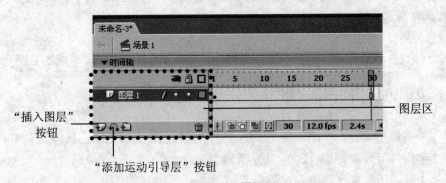

图 4.1 图层区

【例 4-1】制作一个"蝴蝶在草地上飞舞"的动画，并导出为影片。

素材准备：

蝴蝶图片、400×300 的草地图片各一个（如果手头没有合适的素材，可到 Internet 上利用搜索引擎下载所需素材）。

制作步骤：

（1）新建一个空白文档，并保存为 fly.fla。

（2）选择"修改"→"文档"命令，设置文档大小为 400 像素×300 像素。

（3）导入素材。

选择"文件"→"导入"→"导入到库"命令，在弹出的"导入到库"对话框中选择事先准备好的草地素材"grassland.jpg"，然后单击"打开"按钮，如图 4.2 所示，完成背景草地的导入；用同样的方法导入蝴蝶素材 Butterfly.gif。

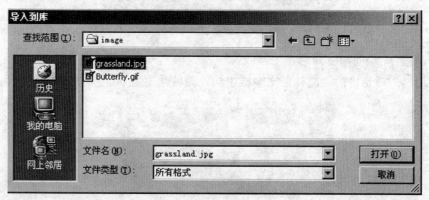

图 4.2　导入素材到库中

（4）选择"窗口"→"库"命令，打开"库"面板，单击选中导入的图片 grassland.jpg，拖动到场景区，并使图片与背景刚好对齐，此时系统自动为"图层 1"创建了第 1 关键帧，表现形式是黑色的小圆圈，内容是导入的草地图片。

（5）在时间轴的第 30 帧单击，按 F5 键插入普通帧，此时可以看到自动生成的 2～30 帧为普通帧，内容自动与第 1 关键帧相同。

（6）新建"图层 2"。单击图层底部的"插入图层"按钮 <img>，在图层区新建一个图层，系统自动命名为"图层 2"。单击选中"图层 2"，然后在时间轴上单击"图层 2"的第 1 帧，如图 4.3 所示。

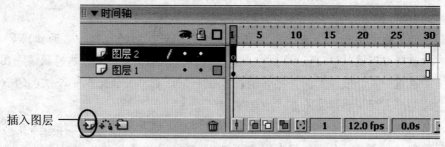

图 4.3　新建图层

（7）将导入到"库"面板中的素材 Butterfly.gif 拷贝（注意类型为"影片剪辑"）拖到场景区的左下角，此时可以看到上层"图层 2"的蝴蝶叠加在下层"图层 1"的草地上，如图 4.4 所示。

图4.4 图层内容的叠加

（8）旋转蝴蝶的角度。选择"修改"→"变形"→"缩放和旋转"命令，在弹出的"缩放和旋转"对话框的"旋转"文本框中输入旋转角度为60度，如图4.5所示。

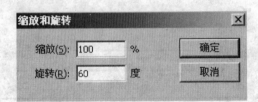

图4.5 "缩放和旋转"对话框

（9）在"图层2"的第30帧按F6键插入关键帧，并在该帧将蝴蝶拖动到场景区的右上角。

（10）选中"图层2"的第1帧，在属性面板的"补间"下拉列表中选择"动作"。

（11）按Ctrl+Enter组合键测试影片，查看效果。

（12）保存文档。选择"文件"→"导出"命令，导出影片为fly.swf。

提示：

其实层的操作除了上例中提及的之外，还有很多，主要包括：

- 层的重命名。在图层默认名称如"图层1"上快速双击，图层名称呈反白显示，此时输入新的文件名（如"背景"）即可，如图4.6所示。

- 层的隐藏和显示。在图层区有一只外形为"眼睛"的按钮，它的作用是"显示/隐藏所有图层"，可通过单击它来显示或隐藏所有图层；若只想隐藏某一图层，只需在该图层"眼睛"对应的位置上单击一下，则单击处出现一个红色的X，代表该层不可见；再单击一下，该层又显示出来。

- 层的锁定。当一个层被锁定，可以看见该层上的元素，但是无法对其中的内容进行编辑。聪明的你想必已经猜到了，"眼睛"旁边小锁的作用就是用来"锁定/解除锁定所有图层"的，具体操作方法与层的隐藏和显示雷同，就不再多述。

- 层的删除。右击选中要删除的图层，在弹出的快捷菜单中选择"删除图层"命令，即可删除图层。

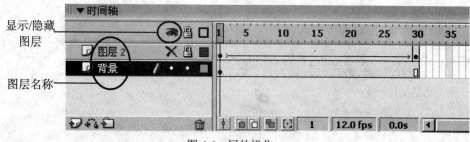

图 4.6　层的操作

4.1.2　使用运动引导层

第 3 章中曾经用"逐帧动画"和"动作补间动画"两种方式创建了"小球从左往右运动"的动画，它们和上例中的蝴蝶一样做的都是直线运动。事实上，也常常会遇到做曲线运动的情况，如飞机做俯冲运动、蝴蝶在草丛里飞来飞去等。那么，如何实现对象的曲线运动呢？这就需要添加"运动引导层"。

"运动引导层"用来存放对象的任意运动轨迹，"运动引导层"的内容在测试影片及导出时不会显示。

【例 4-2】制作一个"蝴蝶翩翩起舞"的动画，并导出为影片。

制作步骤：

（1）选择"文件"→"打开"命令，在弹出的"打开文件"对话框中选择上例所做的动画 fly.fla。

（2）在默认图层名称"图层 2"上双击，输入新的图层名"蝴蝶"。

（3）为"蝴蝶"图层创建运动引导图层。选中"蝴蝶"图层，单击图层底部的"添加运动引导层"按钮，在"蝴蝶"图层上方新建一运动引导层，系统自动命名为"引导层"，如图 4.7 所示。

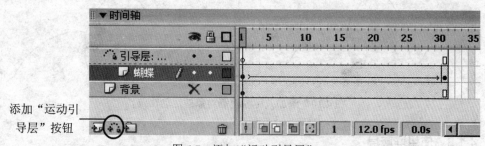

图 4.7　添加"运动引导层"

（4）隐藏"背景"图层，在引导层的第 1 帧上单击，用"工具"面板中的"铅笔工具"在场景区画出蝴蝶运动的轨迹，如图 4.8 所示。

（5）在"蝴蝶"图层的第 1 帧，利用"选择工具"使蝴蝶中心的小圆圈与运动引导线的起点吻合，在第 30 帧，将蝴蝶中心的小圆圈与运动引导线的终点吻合，如图 4.9 所示。

（6）选择"控制"→"测试影片"命令查看结果，就可以看到蝴蝶按照所绘的轨迹翩翩起舞。

图 4.8　用"铅笔工具"绘制的蝴蝶运动轨迹

图 4.9　运动对象与运动轨迹的对齐

（7）保存文档并导出影片。

你知道吗?

如果蝴蝶并没有完全按照引导层的运动轨迹运动，那是什么原因呢?

这多半是因为引导路线太过复杂，可在"蝴蝶"图层的第 2 ~ 29 帧之间适当添加关键帧（按 F6 键），并在关键帧使蝴蝶中心的小圆圈与轨迹的合适位置吻合。如图 4.10 所示，是在第 20、25 帧添加关键帧后对齐的情况。

实际上，用"钢笔工具"绘出的路径、"椭圆工具"绘制的椭圆（最好无填充色）、"矩形工具"绘制的矩形都可以作为对象运动的轨迹。

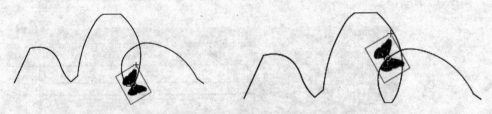

图 4.10　添加关键帧控制对象的运动轨迹

4.1.3　使用屏蔽层

大家都有这样的经历：家里的墙壁将室内和室外隔开（或者说墙壁屏蔽住了室外的景色），可是，如果墙壁上有一扇玻璃窗的话，我们就可以透过玻璃窗看到室外的美景（或者说室外美景透过玻璃窗显示在我们眼前）。屏蔽层的原理与家里的墙壁类似，原则上屏蔽层（好比墙壁）遮住了被屏蔽层（好比室外美景）的所有内容，但是，屏蔽层上的实心对象（如圆、正方形、文本、组件等）就像是透明玻璃，使得被屏蔽层的内容可以透过这些具有实心对象的区域显示出来。

【例 4-1】制作一个"探照灯效果"（模拟黑暗中探照灯来回照在对象上）的动画，并导出为影片。

操作步骤：

（1）新建一个空白文档，并保存为 mask.fla。

（2）选择"修改"→"文档"命令，在弹出的"文档属性"对话框中设置动画的大小为 650 像素×300 像素，背景为黑色（#000000），单击"确定"按钮，如图 4.11 所示。

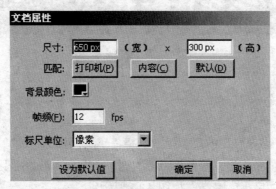

图 4.11　设置画布大小及背景色

（3）选择"视图"→"网格"→"编辑网格"命令，打开"网格"对话框，设置灰色为网格颜色，选中"显示网格"复选框，并在网格文本框中设置网格大小为 20 像素，如图 4.12 所示。

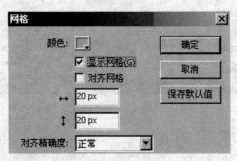

图 4.12　编辑网格

（4）单击"工具"面板中的"文字工具"，并在场景区下方的属性面板中设置字体为"华文隶书"，大小为 80，颜色为白色，如图 4.13 所示。

图 4.13　文字属性的设置

（5）在场景区单击，输入文字"江海职业技术学院"，并利用"选择工具"拖动文字到中心位置，如图 4.14 所示。

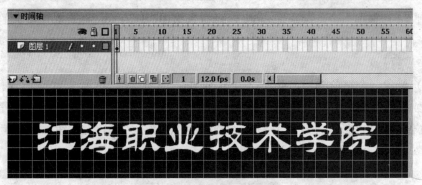

图 4.14　输入文字

（6）在图层区的"图层 1"上双击，输入新的图层名"文字层"。

（7）选择"插入"→"时间轴"→"图层"命令，新建"图层 2"图层，并改名为"小球层"。

（8）单击选中"小球层"的第 1 帧，选择"工具面板"中的"椭圆工具"，在属性面板中设置为无边线，填充色为"绿色"。然后按住 Shift 键，在场景区的合适位置绘制一个小球，小球的直径比文字高度略高，如图 4.15 所示。

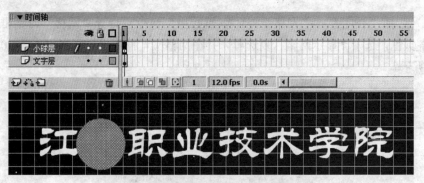

图 4.15　绘制带填充色的无边线小球

（9）选中绘制的小球，选择"修改"→"转换为元件"命令，在弹出的"转换为符号"对话框中输入元件名 ball，行为选择"图形"，单击"确定"按钮将小球转换为元件。

（10）在"小球层"上右击，从弹出的快捷菜单中选择"屏蔽层"命令，此时被屏蔽的"文字层"中的内容只能透过屏蔽层的实心对象——小球显示出来，如图 4.16 所示。

（11）单击图层区上的"解除锁定所有图层"按钮，解除对层的锁定。

（12）在"小球层"的第 20 和 40 帧处，分别按 F6 键插入关键帧。

（13）此时，单击 2～40 帧之间的任一帧时，都只能看到小球而看不到文字，原因是"文字层"的第 2～40 帧为空白。

（14）单击"文字层"的第 40 帧，按 F5 键插入普通帧，延伸第 1 帧的内容到第 40 帧。

（15）在"小球层"的第 20 帧，按住 Shift 键不放，用鼠标将"小球"移动到文字的右侧，如图 4.17 所示。

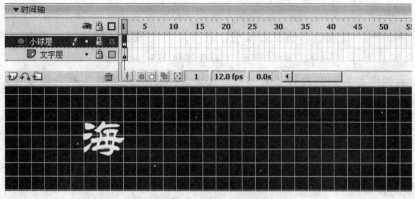

图 4.16 创建屏蔽层

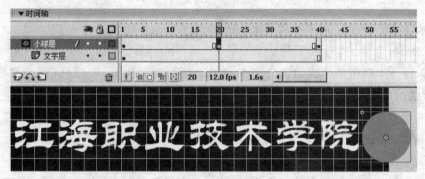

图 4.17 移动小球到右侧

（16）单击"小球层"的第 1 帧，在属性面板的"补间"下拉列表中选择"动作"，创建从第 1 帧到第 20 帧的动画。

（17）在"小球层"的第 40 帧，将小球移到文字的最左侧，并创建第 20 帧到第 40 帧的动作补间动画。

（18）单击图层区的"锁定所有图层"按钮，锁定图层。

（19）选择"控制"→"测试影片"命令，测试动画效果，如图 4.18 所示为动画中的某一帧。

图 4.18 屏蔽效果中的一帧

（20）保存文件并导出影片。

提示：

（1）本例中，随着小球的左右滚动，底层文字透过小球依次显示出来，好像黑暗中探照灯依次照在文字上一样，所以称为"探照灯效果"。

（2）本例中，若上层为粗体文字，下层为左右运动的图片，屏蔽后效果又如何呢？

4.2 交互动画的使用

学到这儿，或许很多读者会有疑问：目前为止所有动画都是自动循环播放的，能不能由我来控制动画播放的开始或停止呢？答案当然是肯定的，不过这得用到下面所讲的技术。

4.2.1 按钮组件的创建

【例 4-4】制作一个用来播放动画的按钮 play。

制作步骤：

（1）打开上例中制作的动画文件 mask.fla，并选择"视图"→"网格"→"取消网格"命令，取消网格。

（2）选择"插入"→"新建元件"命令，弹出"创建新元件"对话框。在"名称"文本框中输入元件名称 play，并在"行为"栏中选择组件的类型"按钮"。

（3）单击"确定"按钮，进入组件编辑区，此时默认编辑状态为"弹起"。

（4）选择"工具"面板的"椭圆工具"，并在属性面板中设置无边线，填充色为灰色（#666666），按住 Shift 键画一个圆，单击选中所绘制的圆，在属性面板的宽度和高度栏内分别输入 40，如图 4.19 所示。

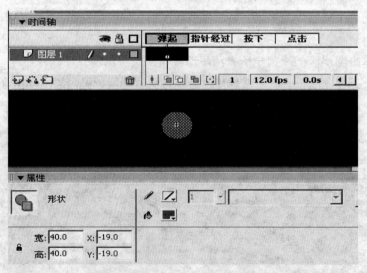

图 4.19　利用属性面板设置圆的属性

（5）选中"工具"面板的"文本工具"，利用属性面板设置文本字体为"幼圆"，大小为 22，然后在圆的右边输入文字 play，如图 4.20 所示。

图 4.20　文字的输入

（6）选择"插入"→"时间轴"→"图层"命令，新建"图层 2"。

（7）选择"工具"面板的"矩形工具"，并在属性面板中设置无边线，填充色为黄色，按住 Shift 键，在"图层 2"的第 1 帧画一个边长为 30 像素的正方形，如图 4.21 所示。

图 4.21　矩形的绘制

（8）在正方形外的任意位置单击鼠标取消对正方形的选择。

9）选中"工具"面板的"选择工具"，将光标移到正方形右上角（注意千万不要选中正方形），此时鼠标箭头右下角的虚框变成一个直角，按住鼠标左键将右上角向下垂直拖动到中间位置，这时就看到一个梯形出现了，如图 4.22 所示。

图 4.22　矩形变形为梯形

（10）用同样的方法将右下角向上垂直拖动到中间位置，梯形就变成了三角形，将三角形拖到圆的正中间。至此，就完成了正常状态下按钮的编辑，如图 4.23 所示。

图 4.23　梯形变形为三角形

（11）将指针移到图层 1 的"指标经过"状态，按 F6 键创建关键帧，单击选中圆，利用"属性"面板修改填充色为黄色（#FFFF00），如图 4.24 所示。选择文字，将文字颜色改为黑色，如图 4.25 所示。

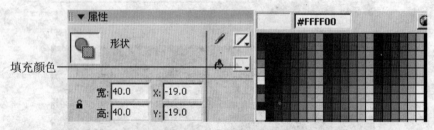

图 4.24　修改圆的填充色

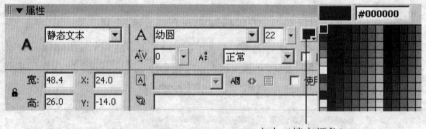

图 4.25　修改文本（填充）颜色

（12）同理，在"图层 2"的"指标经过"状态创建关键帧，并将三角形的填充色改为黑色，如图 4.26 所示。

（13）用同样的方法，在"按下"状态添加关键帧，并将三角形填充色改为白色，文字颜色改为黄色，如图 4.27 所示。

（14）在"点击"状态添加关键帧，并将三角形填充色改为黑色，文字颜色改为黑色（即效果与"指标经过"状态相同），如图 4.28 所示。

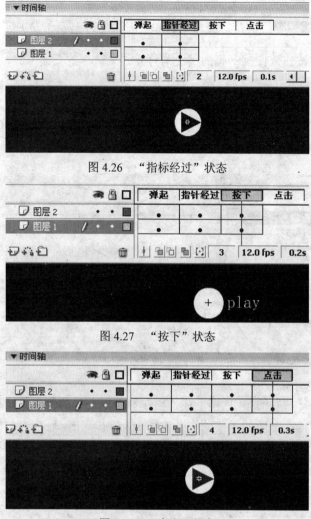

图 4.26 "指标经过" 状态

图 4.27 "按下" 状态

图 4.28 "点击" 状态

【练习 4-1】制作一个用来停止动画的按钮 stop。

提示："图层 1" 的内容为一个圆和文字 stop，"图层 2" 的内容为矩形，制作步骤与【例 4-4】相同，效果如图 4.29 所示。

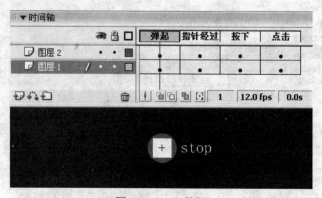

图 4.29 stop 按钮

4.2.2　利用按钮和脚本语言创建交互动画

【例 4-5】利用按钮来控制动画的播放与停止。

制作步骤：

（1）打开上例中制作的动画文件 mask.fla，选择"窗口"→"开发面板"→"动作"命令，打开"动作"面板，可以看到它由左侧的"工具箱列表"和右侧的"脚本窗口"两部分组成，如图 4.30 所示。

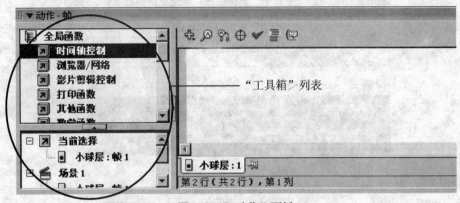

图 4.30　"动作"面板

（2）选中"小球层"的第 1 帧，在"动作"面板左侧的"工具箱列表"中单击子类动作"时间轴控制"，在出现的下拉动作中找到 stop 并双击，则在右侧的"脚本窗口"自动出现了相应脚本"stop( );"，表示影片播放停止在第 1 帧（即不自动循环播放），如图 4.31 所示。

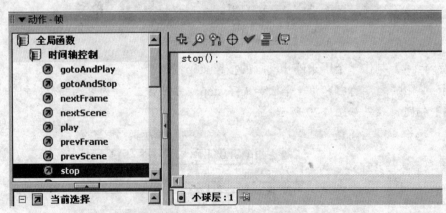

图 4.31　脚本语言的添加

（3）为防止误操作，单击图层区的"文字"层和"小球"层的"锁定"按钮锁定这两层，如图 4.32 所示。

（4）新建图层并命名为"按钮层"，在该层用"直线工具"画一条高为 2 的白色直线，并从库面板中拖出组件 play 和 stop 到合适的位置，如图 4.33 所示。

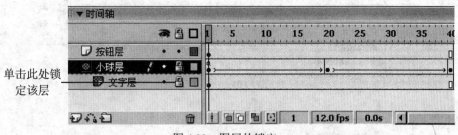

单击此处锁
定该层

图 4.32　图层的锁定

图 4.33　在场景中添加按钮

（5）单击选中"按钮层"的第 1 帧（此时默认选中该层的所有对象，即 play 按钮、stop 按钮和直线），在空白位置单击取消对所有对象的选择，然后在 play 按钮上单击单独选中该按钮（该步骤不能省略）。

（6）在"动作"面板左侧的"工具箱列表"中单击子类动作"影片剪辑控制"，在出现的下拉动作中找到 on 并双击，则在右侧的"脚本窗口"自动出现了相应的脚本"on( ) {　　};"，并且光标自动定位在 on 后的"()"内，光标下方有一下拉列表框，如图 4.34 所示。

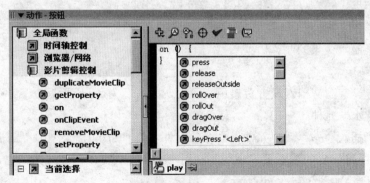

图 4.34　动作"on"的添加

（7）在下拉列表框内选择 release 事件，然后将光标置于"{ }"内，添加"时间轴控制"子类内的动作 play，或直接从键盘输入"play( );"。"play( );"脚本语句的作用是：当松开 play 按钮时，开始播放影片，如图 4.35 所示。

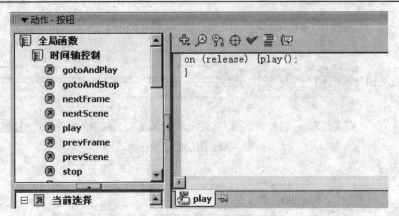

图 4.35　为 play 按钮添加脚本语言

（8）按 Ctrl+Enter 组合键测试影片，可以看到影片初始处于静态状态，当按下 play 按钮并松开时，遮罩动画才开始播放。

（9）使用同样的方法给 stop 按钮添加脚本语言："on(release) { stop( ); }"。

（10）测试效果，保存并导出影片。

提示：

（1）交互动画：通过为动画的帧或对象添加动作（程序代码），从而使得预先设定的事件发生时选择某个动作（如例 4-5 中释放 play 按钮时播放影片，而释放 stop 按钮时停止影片的播放），最终达到控制动画播放的效果，又称为"行为动画"。

（2）ActionScript 脚本：是专门用于为 Flash 动画中的对象添加动作的一种脚本语言，它与 JavaScript 脚本语言在语法和风格上很相似，利用它可以设计出各种各样的交互动画。上例所涉及的只是最简单、最基本的几个动作，有兴趣的读者可以查阅相关专门介绍 ActionScript 脚本的书籍。

4.3　综合实例

【例 4-6】滴水效果的制作。

制作步骤：

（1）新建一空白文档，设置背景色为蓝色，并命名为 water.fla。

（2）新建水珠元件。

1）选择"插入"→"新建元件"命令，元件名为 shuizhu，类型为"图形"。

2）在元件 shuizhu 的编辑窗口中间，利用"椭圆工具"画一边线为白色，无填充色，粗细为 2 的椭圆，如图 4.36（a）所示。

3）将光标移到椭圆的左上部（注意不要选中椭圆），此时光标箭头右下角的虚框变成一个弧形，按住鼠标左键向右拖出一个弧形，如图 4.36（b）所示。

4）同理处理椭圆右边，如图 4.36（c）所示。

5）用同样的方法对上端适当变形后，一个水珠就出来了，如图 4.36（d）所示。

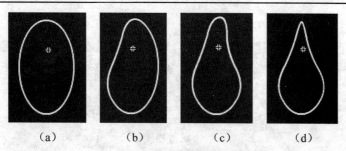

图 4.36 水珠元件的制作

（3）给水珠元件填充从淡蓝色到白色的渐变色。

1）单击"工具"面板中的颜料桶工具，选择"窗口"→"设计面板"→"混色器"命令，打开"混色器"面板。

2）在"混色器"面板中选择"填充式样"为"线性"。

3）单击"填充式样"下拉列表下方左边的色块，设置颜色为淡蓝色（红：188，绿：153，蓝：254），如图 4.37 所示。

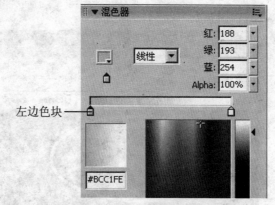

图 4.37 渐变色的设置

4）单击右边的色块，设置颜色为白色（红、绿、蓝分量都为 255）。

5）设置完毕，用鼠标单击水珠轮廓内的区域，效果如图 4.38 所示。

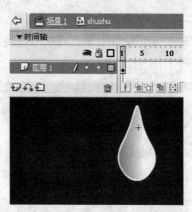

图 4.38 用渐变色填充水珠

（4）新建水波元件。

1）选择"插入"→"新建元件"命令，元件名为 shuibo，类型为"影片剪辑"。

2）利用"椭圆工具"画一边线为白色，无填充色，粗细为 5 的椭圆，如图 4.39 所示。

图 4.39　水波起始状态

3）在 shuibo 编辑窗口时间轴的第 30 帧按 F6 键插入关键帧，选择"修改"→"变形"→"缩放"命令，按住 Alt 键的同时用鼠标拖动椭圆四周的调节框，椭圆将变形为如图 4.40 所示。

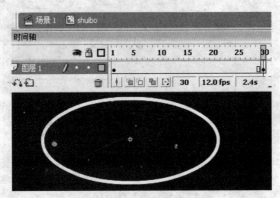

图 4.40　水波终止状态

4）选中第 1 帧，在属性面板的"补间"下拉列表中选择"形状"，则完成了一个水波荡漾效果的制作。

（5）制作水珠从高处落下的动画效果。

1）单击时间轴上方的"场景 1"返回主场景，从库面板中拖出 shuizhu 元件到场景上部的中间位置。

2）在第 7 帧处插入关键帧，并将水珠移到场景下部的中间位置。若想水珠垂直下移，可在按住 Shift 键的同时，单击键盘的向下箭头；也可以利用标尺准确定位。

3）在第 1~7 帧之间创建"动作"补间动画。

（6）制作水珠落到水面、水波荡漾开的效果。

1）选择"插入"→"时间轴"→"图层"命令，新建"图层 2"。

2）单击"图层 2"的第 7 帧，按 F6 键创建空白关键帧。

3）拖动 shuibo 元件进入场景，并调整位置，如图 4.41 所示。

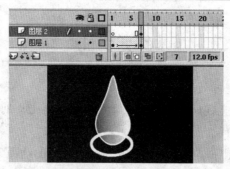

图 4.41　产生水波

4）在"图层 2"的第 36 帧处插入关键帧，用鼠标在水波上单击单独选中水波（记住，该步很重要），在属性面板的"颜色"下拉列表中选择 Alpha，并设置 Alpha 值为 0%，即设置水波为透明色，效果如图 4.42 所示。

图 4.42　设置 Alpha 值

5）在"图层 2"的第 7 帧创建"动作"补间动画。

6）新建"图层 3"、"图层 4"、"图层 5"、"图层 6"，在各层重复前面几步的操作并保持水波出现的起始帧依次增加 7 帧，或者通过快捷菜单复制"图层 2"的 7～36 帧到其他各层，如图 4.43 所示。

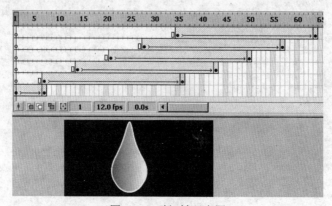

图 4.43　时间轴示意图

（7）按 Ctrl+Enter 组合键测试影片，保存并导出影片。

实训项目

1．制作一个"矩形延伸效果"的动画。

提示：参照第 3 章的直线延伸效果，在 4 个不同的层上分别做 4 段直线的延伸，并控制四段线出现的顺序及时间。

2．运用引导层技术制作一个"小球做抛物线运动"的动画。

3．选自己喜欢的歌，利用本章所学知识做一个 Flash 音乐，要求用按钮来控制音乐的播放与停止。

提示：

（1）为第 1 帧添加 stop( )函数，以禁止自动播放。

（2）导入的音乐从第 2 帧开始出现。

（3）添加脚本语言，控制按下"播放"按钮时，开始播放动画。

（4）添加脚本语言，控制按下"停止"按钮时，停止动画的播放。

第 5 章　初识 Fireworks

本章要点

- Fireworks MX 的启动及工作界面
- 修改文档属性及视图的调整

Fireworks 是网页制作者设计网页的专业软件工具，是一个创建高质量的 JPEG 和 GIF 图像的工具软件。

由于 Fireworks 与 Flash 是同一家公司开发的，其界面和使用上有很多相似之处。所以，在学习了 Flash 软件的基础上再学习 Fireworks 时，会发现更容易上手一些。

5.1　Fireworks MX 2004 的启动

安装 Fireworks MX 2004 后，单击桌面左下角的"开始"→"程序"→Macromedia→Fireworks MX 2004，会出现一个开始页面窗口，在这里可以快速访问最近编辑过的文档或创建一个新文档，如图 5.1 所示。

图 5.1　Fireworks MX 2004 的开始页面

选择新建"Fireworks 文件"，弹出"新建文档"对话框，如图 5.2 所示，在此，可根据实际需要设置画面的大小和颜色等信息。各选项的具体含义如下：

- 画布大小：设置文件画布的宽度和高度，可以用像素、英寸或厘米为单位。
- 分辨率：文件的分辨率越高，图像越精细，但同时文件也会越大。
- 画布颜色：文档的画布颜色有 3 个选项，依次为白色、透明色和自定义颜色。在自定义颜色下方的色彩选择框中，可以自行选择一种颜色。

按图 5-2 进行设置，单击"确定"按钮后，新的文件就创建完成了。

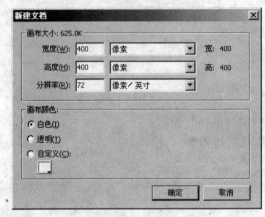

图 5.2 "新建文档"窗口

5.2 Fireworks 的工作界面

新建文档完成后就可以看到 Fireworks 的工作界面了，它由标题栏、菜单栏、"文档"窗口、工具面板、选项面板和属性面板 6 部分组成，如图 5.3 所示，基本上与 Flash 差不多。

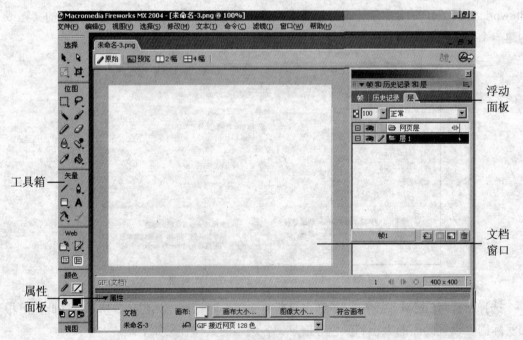

图 5.3 Fireworks 的工作界面

5.2.1 文档窗口

文档窗口是工作窗口的主要部分，在文档窗口上不仅可以绘制矢量图，也可以直接处理点阵图（位图）。文档窗口上有 4 个选项卡，如图 5.4 所示。当前是"原始"选项窗，也就是文档窗口，只有在此窗口中才能编辑图像文件。而在"预览"选项窗中则可以模拟浏览器预览制作好的图像。"2 幅"和"4 幅"选项卡则分别是在 2 个和 4 个窗口中显示图像的制作内容。

图 5.4　文档窗口的选项卡

5.2.2　工具面板

新版的 Fireworks 工具面板除了新增了一些工具外，还与原有的工具重新进行优化组合，使其更加直观和人性化。工具面板中的工具主要分为 6 个类别：选择、位图、矢量、网页、颜色和视图。有些工具按钮的右下角有一个小三角，说明这个按钮集成了几种不同的工具，按住这个小三角不放就显示出其他工具，将鼠标移动到要选择的工具上即可选中该工具，如图 5.5 所示。

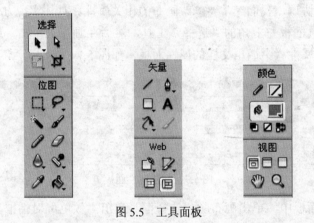

图 5.5　工具面板

5.2.3　属性面板

当选择对象或选取工具时，其相关信息都会在属性面板中显示出来，可通过修改属性面板中的数据或内容来调整图像的相关属性。例如图像的大小、位置及色彩等，如图 5.6 所示。

图 5.6　属性面板

5.2.4　浮动面板

Fireworks 的浮动面板共有 14 个，包括层、帧、历史记录、优化和对齐面板等，能够帮助用户编辑所选对象的各个方面或文档的元素。

你知道吗？

当找不到所需的浮动面板时，单击菜单栏的"窗口"，在出现的下拉菜单中可看到相应的子菜单，单击打开即可。

5.3　修改文档属性

设计创作是不断发展的过程，刚开始我们并不能确定所有细节，这些细节是随着工作的进行逐渐确定的。比如画布的大小、图像的分辨率等。

1. 修改画布颜色

Fireworks 中的画布相当于图像的背景，在绘图的过程中为了使画布的大小或色彩能够与前景的图像保持协调，我们经常要修改画布的相关属性。具体实现方法是：

（1）单击工具面板左上角的"选择"工具，然后在画布上单击，或在画布的工作区外单击一下，则在属性栏中调出文档的属性面板，如图 5.7 所示。

图 5.7　文档属性面板

（2）在属性面板中，单击画布颜色选择框，弹出"颜色"对话框，可重新选择新的画布颜色，如选择红色，如图 5.8 所示。

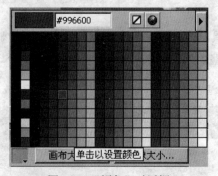

图 5.8　"颜色"对话框

2. 修改画布大小

单击属性面板的"画布大小"按钮，将弹出设置对话框，从中可以看到，当前画布的宽为 700 像素，高为 600 像素。在"新尺寸"项内可以输入新的宽度和高度。如输入 500 像素宽、200 像素高，如图 5.9 所示。

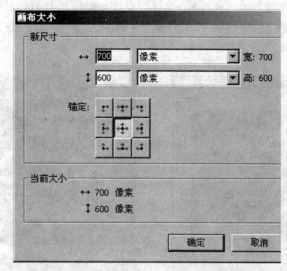

图 5.9　"画布大小"对话框

3. 修改图像大小

对于图像区域大小的改变，也可以通过画布的属性对话框中的"图像大小"进行修改，如图 5.10 所示。

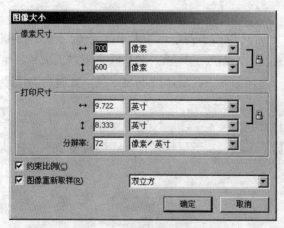

图 5.10　"图像大小"对话框

在"像素尺寸"项下可以设置工作区的宽度和高度。选中"约束比例"复选框后，当宽度或高度中某一数值被改变后，另一个数值也会等比例地随着改变。如果取消此项选择，就可以单独改变宽度或高度的数值了。"图像重新取样"复选框是设置图像的重新取样功能。

4. 符合画布

这是 Fireworks MX 2004 的新功能，可以使画布大小与图像所占用的位置大小相一致。

5. 旋转画布

如果输入的图像上下颠倒或左右倾斜，就要进行旋转画布的处理。在 Fireworks 中用户可以把画布旋转 180 度、顺时针或者逆时针 90 度。旋转画布后，文档中的所有对象也会随之旋转。旋转画布的方法是：选择"修改"菜单→"旋转画布"命令，然后选择旋转的角度，旋转效果如图 5.11 所示。

图 5.11　画布旋转 180 度

5.4　视图的调整

1. 视图的缩放

在 Fireworks 中，图片可以缩小到原尺寸大小的 6%，放大到 6400%。对文档放大或缩小的方法为选择工具面板中的缩放工具 🔍，默认状态下是放大镜，单击要放大文档的窗口内部，要想缩小文档，选择缩放工具后，按下 Alt 键，此时变为缩小镜，单击要缩小文档的窗口内部。

2. 视图可视范围的调整

选择工具箱中的抓手工具，按下鼠标左键，在图片窗口上方拖动手形光标，如图 5.12 所示。

图 5.12　视图调整工具

实训项目

1. 打开 Fireworks 并熟悉其界面。
2. 新建一空白文档，设置画布背景色为红色，大小为 200 像素×300 像素。

第 6 章　Fireworks 的应用

本章要点

- 基本绘图工具的使用
- 位图处理技术的运用
- 简单动画的制作
- 按钮和弹出菜单的制作

Fireworks MX 2004 综合了对位图和矢量图的操作功能，用户在操作时不再需要进行模式间的切换，系统会自动确定要创建和编辑的是位图、矢量图还是文本。

矢量图形使用矢量的线条和曲线（包括颜色和位置信息）来描述图像，编辑矢量图形时，修改的是描述其形状的线条和曲线的属性。矢量图形与分辨率无关，对其选择移动、调整大小、更改形状或更改颜色等操作都不会改变其外观品质。

位图也称为点阵图像或绘制图像，是由称为像素（图片元素）的单个点组成的。这些点可以进行不同的排列和染色以构成图样。当放大位图时，可以看见赖以构成整个图像的无数单个方块。扩大位图尺寸的效果是增多单个像素，从而使线条和形状显得参差不齐。

6.1　基本绘图工具的使用

6.1.1　绘制基本图形

Fireworks 中提供了一组可以绘制几何图形的矢量工具，即直线、矩形、椭圆和多边形工具，如图 6.1 所示。

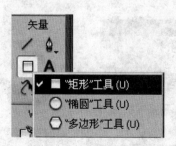

图 6.1　基本图形工具

1. 绘制直线

先在“工具”面板中选择直线工具 ，然后在画布上拖动鼠标，到适当位置松开即可，如图 6.2 所示。接下来可以选择"工具"面板的颜色部分，为直线着色，如图 6.3 所示。

图 6.2 直线   图 6.3 颜色工具箱

颜色主要分为描边色 和填充色 两种，图例中所示为描边黑色，填充为无色。另外 3 个按钮的作用如下：

  ：使用默认描边色和填充色，描边使用黑色，填充为白色。

  ：没有描边色或填充色，都使用透明色。

  ：快速交换描边色和填充色。

2．绘制椭圆、矩形和多边形

选择工具箱中的基本绘图部分的相应工具，在文档的空白处单击并拖动鼠标即可绘出相应的图形，然后进行着色。

你知道吗？

（1）在使用直线工具时，按住 Shift 键，可以保证绘制的方向保持水平、垂直或 45 度角。

（2）若想画正方形或圆形，可以在按住 Shift 键的同时拖动相应的绘图工具。

（3）若想以起点作为中心点画矩形或圆形，按住 Alt 键拖动绘制工具。

6.1.2 绘制扩展图形

Fireworks 中提供了一组扩展矢量工具，用它们可以绘制更多的几何图形。可以根据需要，选中扩展部分的相应绘制工具，在文档的空白位置单击，拖动鼠标生成大小合适的图形，然后松开鼠标即可，如图 6.4 所示。

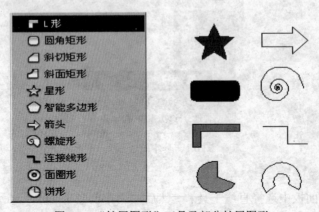

图 6.4 "扩展图形"工具及部分扩展图形

6.1.3　绘制不规则图形

不规则图形主要是通过路径构成的图形。图形对象的轮廓是由路径曲线构成的。

绘制路径可以采用工具面板中的"钢笔"工具，如图 6.5 所示，使用"钢笔"工具在绘图区内单击，然后确定下一个点的位置。若要封闭该路径，可以在确定终点时单击绘制的第一个点，使起点和终点相同。使用"钢笔"工具时，可以通过拖动各个点来修改直线和曲线路径段。

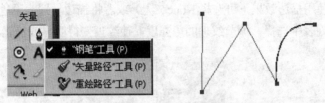

图 6.5　"钢笔"工具及不规则自画图形

6.1.4　输入文本

使用工具面板中的"文本"工具 **A**，可以输入、格式化、编辑图形中的文本。如图 6.6 所示，选中文本工具，鼠标光标就会变成文本光标，此时可以在画布上拖动鼠标创建一个空白文本框，然后就可以进行文字的输入了。

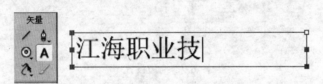

图 6.6　文本工具及输入文本

退出文本编辑状态后，使用文本光标在文本框上单击或者使用指针工具在文本框上双击，又可进入编辑状态。与 Flash 一样，也可以利用属性面板设置文本属性，如图 6.7 所示。

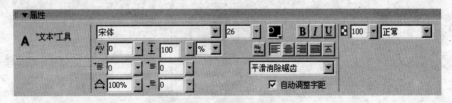

图 6.7　文本属性设置

6.1.5　设置描边和填充

当前的描边设置会被应用到当前操作的对象上。属性面板包括了所有的描边属性设置，主要包括描边的类型、名称、颜色，笔尖的形状、粗细、边缘柔化，以及纹理填充等，如图 6.8 所示。

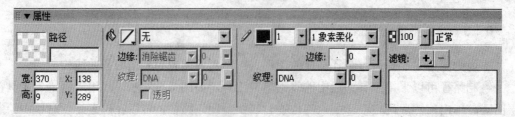

图 6.8　描边和填充属性设置面板

描边的类别在笔刷类别的下拉列表中，可以选择各种内置描边，可以通过笔触选项进行笔触设置；如果不使用描边效果，可选择 None（无）或者将描边设置为无色。描边的纹理可以在纹理的下拉列表中选择，调节纹理的填充度，使纹理变得明显或淡化，如图 6.9 所示。

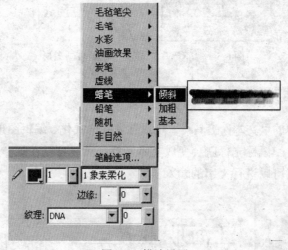

图 6.9　描边设置

不管路径封闭与否，都存在填充区域，可以加入填充效果。填充效果可以是单一的颜色，也可以是渐变色、图案甚至图像。属性面板中包含所有的填充属性设置，包括填充的类别、边缘柔和度以及填充纹理等，如图 6.10 所示。

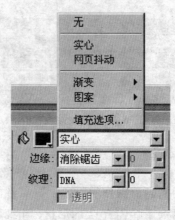

图 6.10　填充设置

6.1.6　应用实例

【例 6-1】创建一个空心字,并使之随路径旋转。

制作步骤:

(1)创建文件。

启动 Fireworks MX 2004 中文版后,在出现的开始页面窗口中选择新建"Fireworks 文档",就会弹出"新建文档"对话框,如图 6.11 所示,设置画面大小为 400 像素×400 像素,分辨率为 72 像素/英寸,画布颜色为白色。单击"确定"按钮,新的文件就创建完成了。

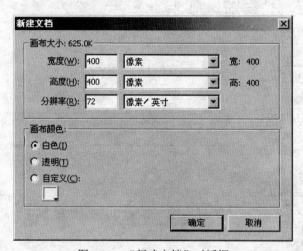

图 6.11　"新建文档"对话框

(2)保存文件。

选择"文件"→"保存"命令,在弹出的"另存为"对话框中选择合适的保存位置,输入文件名"空心艺术字",保存类型为默认值 Fireworks(*.png)。

(3)输入文本并设为空心字。

在工具面板中单击"文本"工具,设置笔触颜色为黑色,填充为无,在画布中写上"江海职业技术学院"几个字。选择所写文字后,利用属性面板或菜单栏设置字号为 48,如图 6.12 所示。

提示:在 Fireworks 中利用"属性"面板设置对象属性的方法与 Flash 一样,不再详细讲解。

(4)绘制路径。

在工具箱中选择"钢笔"工具或"矢量路径"工具,在画布中画出任意的路径,如图 6.13 所示。

(5)将文本附加到路径。

选择工具面板中的"指针"工具 ,按住 Shift 键的同时单击选中文本和路径,然后选择"文本"→"附加到路径"命令,出现如图 6.14 所示的效果。

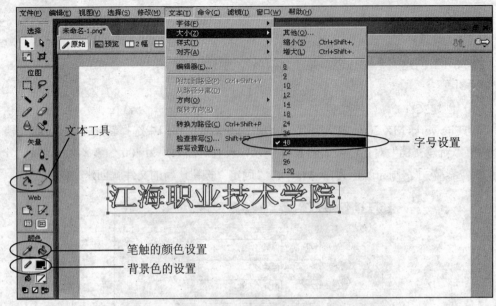

图 6.12　输入并编辑文字

图 6.13　绘制路径

图 6.14　使文字附加到路径

（6）修饰效果。

选择"文本"→"方向"→"垂直倾斜"命令，使文本块产生如图 6.15 所示的效果。

图 6.15　调整方向后的效果

【例6-2】太极图形徽标制作

制作步骤：

（1）创建文件。

在 Fireworks MX 2004 中新建一个文件，大小为 200 像素×200 像素，分辨率为 96 像素/英寸，画面颜色为白色，并将文件保存为"太极图形.png"。

（2）绘制图像。

1）在工具面板中单击"椭圆"工具，设置笔触和填充颜色均为黑色，配合 Shift 键，在画布中画出一个圆形，并利用属性面板设置其大小为 200 像素×200 像素，如图 6.16 所示。

2）再绘制两个 100 像素×100 像素的小圆，并设置其中一个填充色为白色，另一个为黑色。

3）拖动两个小圆形，使两个小圆形外切，并与大圆形内切在一起，如图 6.17 所示。

图 6.16　绘制图像

图 6.17　克隆圆形

（3）切割圆形。

1）选择"视图"→"标尺"命令调出标尺，单击选中大圆形，利用小刀工具，参照标尺进行纵向沿圆心的切割，使之被切割成两个半圆，如图 6.18 所示。

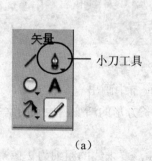

（a）

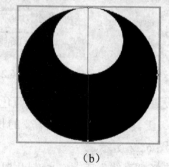

（b）

图 6.18　切割圆形

2）修改右半圆的填充色为白色，笔触的颜色为黑色，如图 6.19 所示。

（4）绘制小圆并定位。

1）再制作两个大小为 30 像素×30 像素的小圆，填充色一个为白色，一个为黑色，并将它们拖动到合适的位置。

2）选择"修改"→"对齐"→"左对齐"命令，使小圆垂直对齐，并参考标尺将其一起拖动到合适的位置。

最终效果如图 6.20 所示。

图 6.19　修改颜色　　　　　　　　　　　　　图 6.20　最终效果

【例 6-3】制作标题图片。

制作步骤：

（1）创建文件。

在 Fireworks MX 2004 中新建一个文件，将文件保存为"标题图片.png"。

（2）绘制矩形和直线。

1）在工具面板中单击"矩形"工具 ，利用属性面板设置笔触（描边）为 1 像素黑色，填充为线性渐变填充，如图 6.21 所示。

图 6.21　设置线性渐变填充

2）设置渐变的色彩为白色到蓝色渐变，在画布中画出一个长方形，选择工具面板中的"指针"工具 ，选择带有渐变的长方形，将长方形的渐变由原来的水平方向改为垂直方向，如图 6.22 所示。

3）选择"直线"工具，绘制两根平行的直线，要求线的粗细为 2 像素，颜色为黑色。

4）找到层面板，将直线所在的层分别拖动到矩形所在图层的下方，如图 6.23 所示。

提示：若找不到层面板，则可选择"窗口"→"层"命令打开层面板。同理，其他面板也可以在"窗口"菜单中找到。

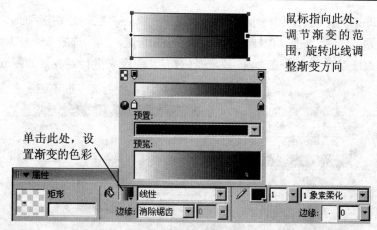

鼠标指向此处，调节渐变的范围，旋转此线调整渐变方向

单击此处，设置渐变的色彩

图 6.22 调节填充方向

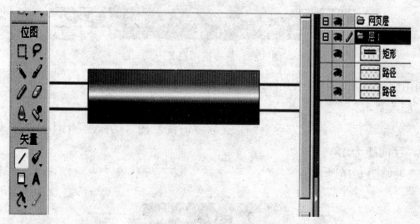

图 6.23 修改直线所在的图层

（3）加入圆形。

1）单击"椭圆"工具，在属性面板中设置笔触粗细为 1 像素，填充色改为放射渐变的渐变色，如图 6.24 所示。

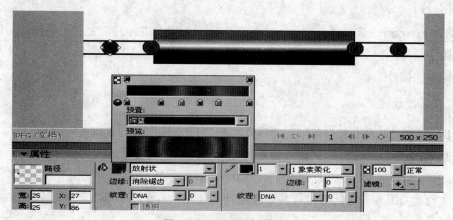

图 6.24 绘制并编辑椭圆

2）按住 Shift 键在线上画一个圆，并复制出 3 个圆，将它们分别拖动到合适的位置。

3）若小球不对齐，单击"指针"工具，按住 Shift 键，连续选中 4 个球，利用"修改"→"对齐"→"顶对齐"命令或"窗口"→"对齐"命令来进行对齐，如图 6.25 所示。

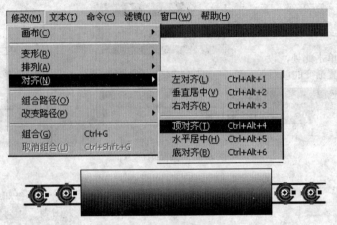

图 6.25　修改椭圆对齐方式

4）利用标尺将四个小圆一齐移动到合适的位置。

（4）加入文本。

单击"文本"工具，在长方形中输入文字"时尚新闻"，并设置字体为"华文新魏"，大小为 30，字间距为 18。

最终效果如图 6.26 所示。

图 6.26　最终效果

【例 6-4】切割图形——把一幅大的图片切割成若干幅小的图片

制作步骤：

（1）打开文件。

启动 Fireworks，选择"文件"→"打开"命令，启动"打开"文件对话框，如图 6.27 所示，选中要打开的图形文件（可以在右边的预览框内显示该文件的预览图），导入一幅准备要切割的图片。

你知道吗？

（1）勾选"打开为未命名"复选项是把选中的文件作为无名的文件打开。

（2）勾选"以动画打开"复选项是把选中的文件作为动画打开。

（3）Fireworks 可以直接打开或导入 Photoshop 制作的 PSD 格式的文件进行编辑处理。如果打开的是 GIF 动画，既可以将其作为动画元件导入，也可以像打开普通的 GIF 文件那样将其打开。

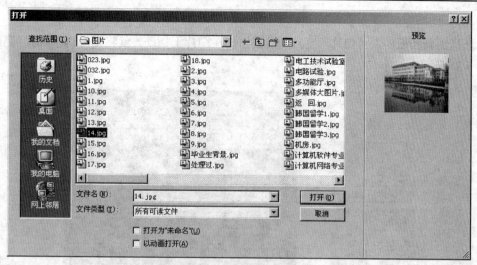

图 6.27　"打开"对话框

（2）显示网格。

1）网格与辅助线经常用于绘画过程中，对图像的摆放位置、角度、大小等进行辅助参考，从而为图像制作带来方便。单击"视图"菜单，从中即可启动"网格"与"辅助线"功能，如图 6.28 所示。

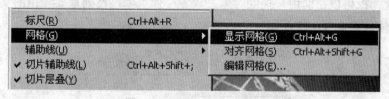

图 6.28　"显示网格"命令

2）选择"网格"→"编辑网格"命令，就会出现如图 6.29 所示的对话框，单击颜色后面的指示器，设置网格线的颜色为"蓝色"，同时更改网格的长宽为 24×24，设置后的效果如图 6.30 所示。

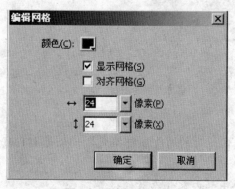

图 6.29　编辑网格线

图 6.30　网格线的显示

（3）切割图形。

选择工具面板中的"切片"工具，根据需要在图片上拖动，就将图片切割成几部分了，如图 6.31 所示。

图 6.31　设置切片

提示：矩形之间不要重叠，切出部分会被一层绿色蒙版所表示，并显示出红色辅助线。

（4）对切片进行优化并保存。

1）优化面板可以帮助用户控制对象、设置文件类型以及处理要导出的文件或切片的调色板，具体设置如图 6.32 所示。

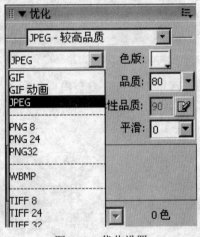

图 6.32　优化设置

2）选择"文件"→"导出"命令，保存切片，如图 6.33 所示。

你知道吗？

（1）切片导出时会生成两个文件，一个是优化后的图像文件格式，一个是 HTML 网页文件格式。

（2）在切片导出的过程中，还可以选择导出的内容和存放的位置。

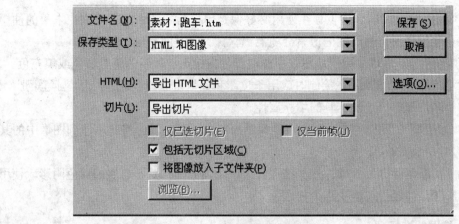

图 6.33　保存切片

6.2　位图处理技术的运用

6.2.1　位图工具简介

Fireworks MX 2004 提供了丰富的图像修饰工具，如图 6.34 所示。使用时只需选择相应的修饰工具，在画布的适当位置配合鼠标进行操作。

图 6.34　位图工具

各工具的作用简单介绍如下：

（1）"刷子"工具 和"铅笔"工具 ：可以直接在画布上画出任意线条。

（2）"橡皮擦"工具 ：用于擦除位图的颜色。在选中橡皮工具后，按住鼠标左键在图像上拖动即可。

（3）"模糊"工具 ：该工具的工作原理就是降低像素之间的反差，使图像产生模糊效果。

（4）"锐化"工具 ：与"模糊"工具正好相反，"锐化"工具用于加深像素之间的反差，使图像更加锐化。

（5）"减淡"工具 和"烙印"工具 ：这两个工具都是用来改变图像的亮调与暗调。

（6）"涂抹"工具 ：该工具在使用时好像是用日常生活中的干笔刷在未干的油墨上擦过一样。也就是说笔触周围的像素会随着"涂抹"工具的笔触一起移动。

（7）"滴管"工具 ：用于从图像中选取颜色来指定一种新的笔触颜色或填充色。

（8）"油漆桶"工具 ：在绘制时应用于位图和矢量对象的"矩形"、"圆角矩形"、"椭圆"和"多边形"等绘制工具的填充属性。

（9）"橡皮图章"工具 ：用来克隆图像的部分区域，以便将其压印到图像中的其他区域。

（10）"红眼消除"工具 ：在一些照片中，主体的瞳孔是不自然的红色阴影，使用"红眼消除"工具能轻松地解决这个问题。

6.2.2　位图的选择

在位图处理中，也遵循 Windows 的"先选择，后操作"的原则。所以选择区域工具是很重要的工具，它可以确定位图中像素的编辑范围，也可以帮助生成复杂的曲线。

1. 制作选区

（1）制作规则选区。在工具面板中选择"矩形选取框"工具或"椭圆选取框"工具，如图 6.35 所示。将鼠标移至文档的适当位置，鼠标指针变成十字型后按下鼠标左键并拖动，拉出选区后松开鼠标，选区即被建立。如图 6.36 所示，虚线内的区域即为选区。

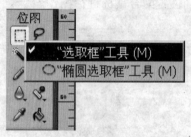

图 6.35　规则选区工具

　　　　（a）　　　　　　　　　　　　　　（b）

图 6.36　椭圆选区和矩形选区

（2）制作不规则形状的选区。如图 6.37 所示，在工具箱中选择好套索工具或多边形套索工具后，将鼠标移至文档中，指针会变成套索形状或多边形套索形状，按下鼠标左键，在文档中拖动鼠标，蓝色线条显示拖动轨迹，当鼠标拖移至起点，松开鼠标完成操作，如图 6.38 所示。

图 6.37　不规则选区工具

图 6.38　套索和多边形套索

　　（3）使用魔术棒选择颜色相近的区域。先在工具面板中选择魔术棒工具，在属性面板中设置"容差"值（允许的颜色差异），然后在文档中需要建立选区的颜色处单击，即选中位于颜色范围内的图像区域，如图 6.39 所示即是利用魔术棒选择了白色的背景色。

图 6.39　魔棒制作的选区

教你一招：

如果碰到前景对象比较复杂而背景色为单色的情况，可以先用魔术棒选中背景色，再选择"选择"→"反选"命令，即可选择前景对象。如在图 6.39 中，用此方法可以轻松选择前景的小孩和鸭子。

若要选择的对象颜色差异不大，则选择魔术棒后，可以通过反复调整属性面板中的"容差"值来选择对象。

2. 调整选区

对已经制作好的选区，选择"选择"菜单下的相应子菜单可以编辑、增加或减少选区，也可以定量扩充或收缩选区、平滑选区的边缘、羽化选区等。

羽化选区是让像素选区的边缘变得模糊，并有助于所选区域与周围的像素混合，特别是将其选区粘贴到另一个背景中时，羽化就显得十分有用。

6.2.3　图层的使用

Fireworks 图层的概念与 Flash 图层很相似，文档中的每一个对象都驻留在一个图层上。在图层面板中，用户可以查看图层和对象的层叠关系，如图 6.40 所示。

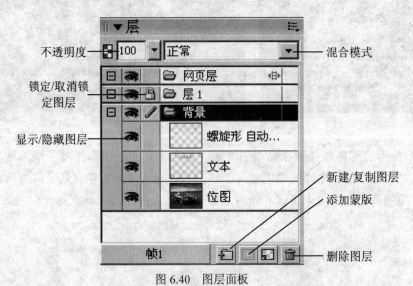

图 6.40　图层面板

不透明度设置为 100，则系统将对象渲染为完全不透明；若不透明度设置为 0，则系统将对象渲染为完全透明，利用它可以制作水印图等特殊效果。混合模式作用于所选对象的整个外观，单个文档或单个对象可以具有和文档或图层中其他对象不同的混合模式。

6.2.4　蒙版的使用

蒙版的效果就是遮挡或显示对象或图像的某个部分。蒙版可用来充当一扇朦胧的窗户，通过它可以显示或隐藏蒙版下方的对象、影响所选对象的可见度。具体使用方法见后面的实例。

6.2.5　滤镜的使用

使用滤镜可以改善并增强图像的效果，优化图像，常用的滤镜包括对图像进行色阶、色调、对比度、亮度等的调节命令，还包括模糊、投影、锐化等。要使用滤镜，可以在"滤镜"的子菜单里选择所需的效果，如图 6.41 所示。

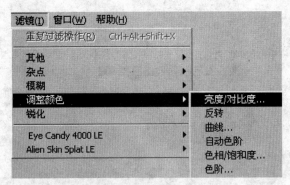

图 6.41　滤镜效果的使用

6.2.6　应用实例

【例 6-5】自制一个心形图。

制作步骤：

（1）新建文件。

启动 Fireworks MX 2004，新建一个文件，宽度×高度＝500 像素×500 像素，分辨率为 72 像素/英寸，画布颜色为白色，将文件存为"爱心.png"。

（2）绘制图形。

1）在工具面板中选择"椭圆"工具，设置边框颜色为无，填充颜色为红色（FF0000）。按住 Shift 键，在画布中画出一个圆形。

2）复制该圆形，选中复制的图形并向右拖动，并利用"修改"→"对齐"→"水平居中"命令，保持两个圆形在水平方向上对齐，如图 6.42 所示。

图 6.42　绘制圆形

（3）图形组合与变形。

1）按住 Shift 键将两个圆形全部选定，单击"修改"→"组合路径"→"联合"命令，合并两个圆的路径，如图 6.43 所示。

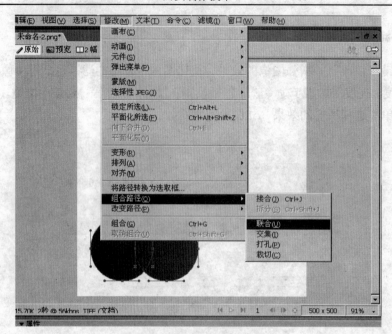

图 6.43　图形组合与变形

2）单击工具面板中的"部分选定"工具　，选中图形下面中间的节点，将其向下拖动，并移动到你所设想的"心形"的底部位置，如图 6.44 所示。

图 6.44　调节形状

3）继续单击"工具"面板中的"部分选定"工具，选中与刚才操作节点相邻的两个节点，按 Delete 键。这时图形会呈现出"心形"的形状，如图 6.45 所示。

图 6.45　形成心形

4）选中心形图片并复制两次。

5）选择所复制的图片，利用"修改"→"变形"→"缩放"命令将其缩小，并用同样的方法将复制出的另一图片缩放得更小，如图 6.46 所示。

图 6.46　克隆图形

6）将 3 个心形叠放在一起。注意：此时可利用层面板对图形进行操作。

7）按住 Shift 键，将两个较小的圆形全部选定，单击"修改"→"组合路径"→"接合"命令，两层并一层，如图 6.47 所示。

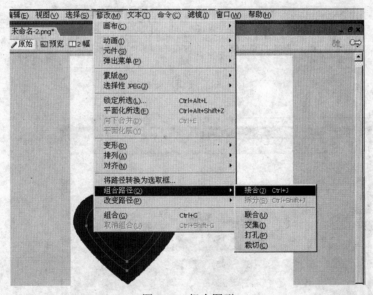

图 6.47　组合图形

8）选中合成的路径，在属性面板中将其颜色设置为白色。

（4）添加滤镜效果。

1）选中合并的图形，在属性面板中单击"效果"按钮，选择"模糊"下的"高斯模糊"选项，设置"模糊范围"值为 10，如图 6.48 所示。

2）按住 Shift 键，将心形的两个部分全部选定，单击"修改"→"组合"命令，将两个图形组成一个图形。

3）选中组合的图形，在属性面板中单击"效果"按钮，选中"阴影和光晕"下的"发光"选项，设置"柔化"值为 30，发光颜色与心形的颜色一样，如图 6.49 所示。

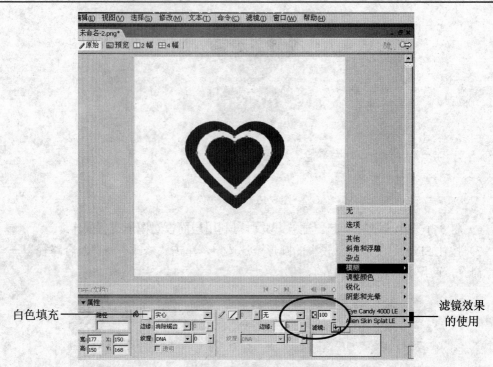

图 6.48 添加滤镜效果

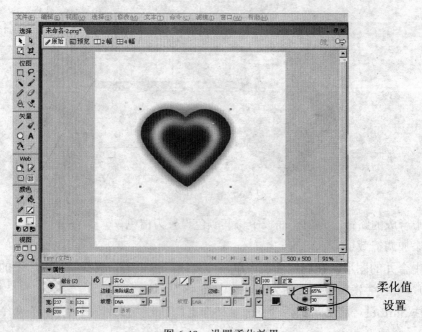

图 6.49 设置柔化效果

（5）输入文字。

在工具箱中单击"文本"工具，对文字分别设置不同大小的字体，颜色设置为白色，并在心形上写字，最终效果如图 6.50 所示。

图 6.50 心形效果图

【例 6-6】创建花中少女的效果。

制作步骤：

（1）创建文件。

启动 Fireworks MX 2004，新建一个文件，宽度×高度＝400 像素×500 像素，分辨率为 96 像素/英寸，画布颜色为淡蓝色，将文件保存为"花中 girl.png"。

（2）导入素材图片。

选择"文件"→"导入"命令，导入"荷花.jpg"和 girl.jpg 两幅图像，通过层面板拖动相应层确保少女位图图像在荷花位图之上。

（3）调整图像的大小。

利用变形工具，根据需要将图像进行缩放、倾斜、扭曲等变形，并设置少女的不透明度为 80%，如图 6.51 和图 6.52 所示。

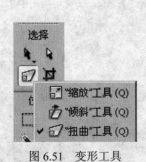

图 6.51 变形工具　　　　　　图 6.52 导入图像并进行缩放变形

（4）制作蒙版。

1）选中少女位图，单击层面板下方的"添加蒙版"按钮，为该位图添加蒙版，如图 6.53 所示。

2）选择工具面板中的"刷子"工具，在属性面板中设置刷子的笔尖大小为 15，描边颜色为黑色（#FFFFFF），边缘为 60%，耐心涂抹人像以外不需要的部分，以显示背景图像，如图 6.54 所示。

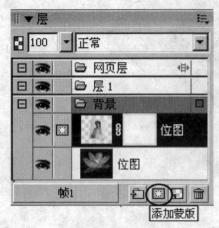

图 6.53　添加蒙版

图 6.54　使用蒙版

教你一招：蒙版中的黑色部分会盖住左边的图像，而透过蒙版的白色部分仍可以看到图像内容，所以，如果不小心将人像部分涂掉，可以将笔刷描边色改为白色，在蒙版上重新涂抹需要的部分即可。

（5）添加文字并使用滤镜效果。

单击文本工具，输入"花中少女"文字，并选择属性面板中的效果，对文字使用"凸起浮雕"和"运动模糊"两个滤镜效果，如图 6.55 所示，最终效果如图 6.56 所示。

图 6.55　滤镜的使用

图 6.56　最终效果

6.3　用 Fireworks 制作简单动画

动画可以增加网站的生气和活力，在 Fireworks 中我们可以制作大量的 GIF 动画。一幅 GIF 动画实际上就是一系列快速连续出现的静态图像的集合。

【例 6-7】创建简单的五帧动画

制作步骤：

（1）启动 Fireworks 程序，新建一个文件，命名为"Fireworks 动画.png"。

（2）在画布中画出任意 4 个对象，按住 Shift 键依次单击选中所有对象，如图 6.57 所示。

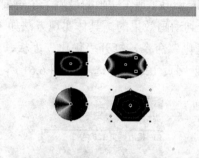

图 6.57　绘制并选中 4 个图形

（3）单击"窗口"→"帧"命令启动帧面板。

（4）单击"帧"面板右下角的"分散到帧" 按钮，在"帧"面板上会自动生成一个 5 帧的动画，如图 6.58 所示。

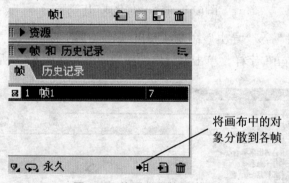

将画布中的对象分散到各帧

图 6.58　将图形分散到帧

（5）将第 1 个帧的名称修改为"开始"，双击相应的各帧，将 4 个帧的帧迟延时间分别设为 20/100 秒、30/100 秒、40/100 秒、50/100 秒，如图 6.59 所示。

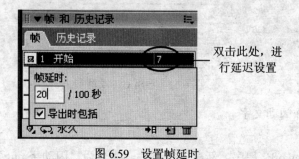

双击此处，进行延迟设置

图 6.59　设置帧延时

（6）这样，一个简单的动画就制作完成了，而该动画 1~4 帧的内容是按照对象建立的先后顺序生成的。可单击文档窗口下方的"预览动画"按钮预览动画，如图 6.60 所示。

图 6.60　预览动画

（7）图像优化。利用 Fireworks 制作动画的最后一个重要步骤是优化、导出文件，若直接保存成 PNG 格式是看不到动画效果的。具体实现方法如下：

1）选择"窗口"→"优化"命令，打开"优化"面板，在"优化"面板最上方的下拉列表中选中"动画 GIF 接近网页 128 色"选项，如图 6.61 所示。

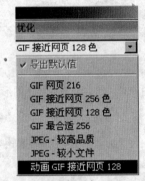

图 6.61　将图像优化成 GIF 动画

2）选择"文件"→"导出"命令，弹出"导出"对话框，在"文件名"栏内自动出现"fireworks 动画.gif"字样，单击"导出"按钮即可，如图 6.62 所示。

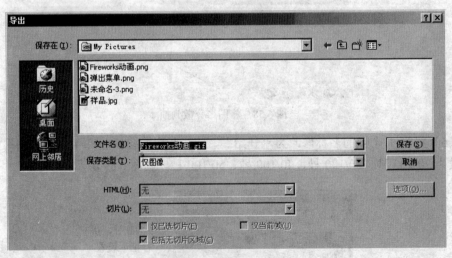

图 6.62　导出 GIF 动画

【例 6-8】制作闪动文字。

制作步骤：

（1）启动 Fireworks 程序，新建一个文件，命名为"闪动字.png"。

（2）在画布上输入文字，如"信息工程系"，则在层面板中可以看到自动生成了一个文本层，如图 6.63 所示。

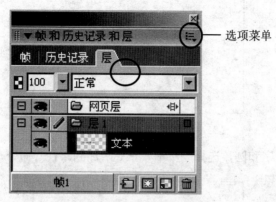

图 6.63　文字的添加

（3）选中所写文字，选择"编辑"→"复制"命令，并三次选择"编辑"→"粘帖"命令。

（4）利用属性面板为文字更换不同的颜色，然后将这 4 个内容相同的文字移动为重叠或错叠在一起，如图 6.64 所示。

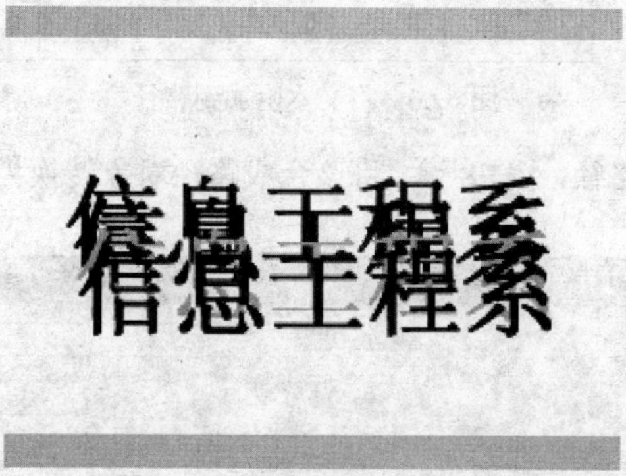

图 6.64　设置各图层文字颜色

（5）选择所有文字，打开帧面板，单击帧面板右下角的"分散到帧" 按钮，在"帧"面板上会自动生成一个 4 帧的动画。

（6）如果最后发现画布太大，可单击属性面板中的"符合画布"按钮，Fireworks 会自动根据图像大小裁剪画布。

（7）预览动画效果，并将文件优化、导出为"GIF 动画"文件。

【例 6-9】制作旋转文字。

制作步骤：

（1）启动 Fireworks 程序，新建一个文件，命名为"旋转字.png"。

（2）在画布上输入文字，如"信息工程系欢迎你的到来"。

（3）在画布上画一个圆，填充设为无，笔触颜色自定，如图 6.65 所示。

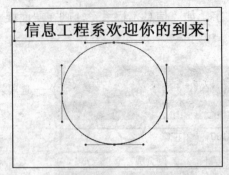

图 6.65　添加文字及路径

（4）同时选中文字和圆，选择"文本"→"附加到路径"命令，效果如图 6.66 所示。

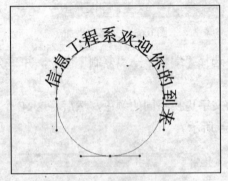

图 6.66　将文本附加到路径

（5）选择合成后的路径，按 F8 键，将该合成路径对象转换为"图形"元件，如图 6.67 所示。

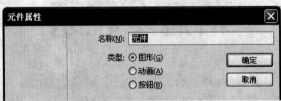

图 6.67　将对象转换为图形元件

（6），复制元件，并选择复制出的元件，选择"修改"→"变形"→"缩放和旋转"命令，在弹出的"数值变形"对话框中选择"旋转"，角度为 30 度，如图 6.68 所示。

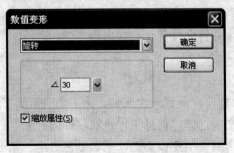

图 6.68　设置旋转角度

（7）重复步骤（6）步骤若干次。

（8）选中所有元件，选择"修改"→"元件"→"补间实例"命令，在弹出的"补间实例"对话框的"步骤"文本框中输入 10，并勾选"分散到帧"复选框，如图 6.69 所示。

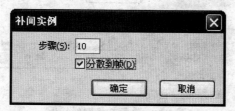

图 6.69　将实例分散到帧

（9）单击文档窗口下方的"预览动画"按钮，预览动画。

（10）将文件优化成"GIF 动画"文件，选择"文件"→"导出"命令保存文件。

【例 6-10】制作替换动画。

制作步骤：

（1）在 Fireworks MX 2004 中新建一个文件，宽度×高度＝200 像素×200 像素，分辨率为 96 像素/英寸，画面背景色为透明，并将文件存为"替换动画.png"。

（2）打开优化面板，选择 GIF 动画格式和 Alpha 透明度。

（3）选择工具面板中的"星型"工具，在画布中画一个五角星，填充为实心、红色，如图 6.70 所示。

图 6.70　绘制五角星

（4）选中所绘图像，选择"编辑"→"插入"→"切片"命令，把图像变成切片。

（5）选择"窗口"→"行为"命令，打开行为面板。

（6）选择切片，在行为面板中单击"添加行为"按钮，选择"交换图像"项，如图 6.71 所示。

（7）在"交换图像"对话框中不要选中"预先载入图像"复选框，如图 6.72 所示。

（8）单击"图像文件"选项右边的文件夹图标，在弹出的"打开"对话框中选择一个事先做好的 GIF 动画文件，如上例中所做的"旋转字.gif"。

（9）在"导出"对话框中选择保存类型为"HTML 和图像"，单击"保存"按钮。

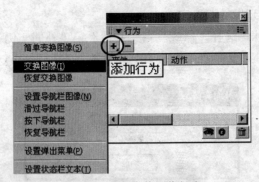

图 6.71　添加交换图像行为

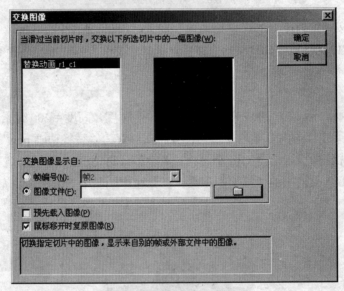

图 6.72　"交换图像"对话框

（10）打开刚保存好的 HTML 网页，查看当鼠标移动到五角星切片上时，切片是否替换为旋转字。

提示： 替换切片的 GIF 动画文件的尺寸应该和切片的尺寸一样，否则替换时会自动缩放为切片大小。

6.4　按钮和菜单的操作

按钮是网页中的重要组成元素之一，在网页中可以起到提示和动态响应的作用。按钮一般有 4 个状态，即 Up（释放）、Over（滑过）、Down（按下）和 Over While Down（按下时滑过），可以随着鼠标指针位置的改变而改变色彩、形状等，甚至发出声音，吸引访客。

【例 6-11】快速制作动态按钮四状态。

制作步骤：

（1）启动 Fireworks 程序，新建一个文件，命名为"按钮.png"。

（2）选择"编辑"→"插入"→"新建按钮"命令，单击"确定"按钮。

（3）在按钮的编辑窗口编辑按钮释放时的状态，具体步骤如下：

1）选择文档窗口上方的"释放"标签，用工具面板中的"圆角矩形"工具绘制一个圆角矩形，设置其填充色为白色，笔触为黑色，如图 6.73 所示。

2）用"文本工具"在矩形中央输入文本"首页"，字体为宋体，字号适中，颜色为黑色，平滑消除锯齿。

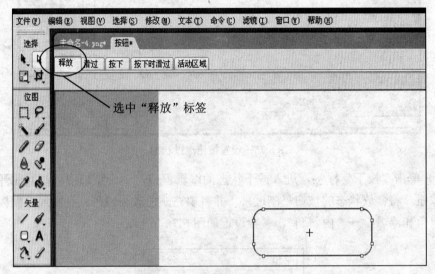

图 6.73　编辑按钮释放状态

3）选择"窗口"→"对齐"命令，打开对齐面板。

4）在对齐面板中单击"到画布"按钮，在按钮编辑窗口内分别选择矩形和文字，并利用对齐面板设置矩形相对于画布水平、垂直居中，如图 6.74 所示，即完成按钮释放状态的编辑。

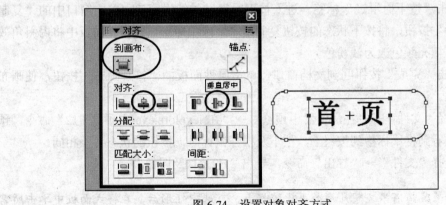

图 6.74　设置对象对齐方式

（4）单击文档窗口上方的"滑过"标签，进入下一个状态。

（5）单击窗口中的"复制弹起时的图形"按钮，将释放状态的按钮复制过来，并将填充颜色改为浅蓝色，如图 6.75 所示。

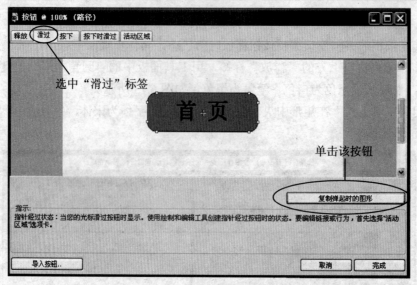

图 6.75　设置按钮滑过状态

（6）单击"按下"标签，进入按下状态的编辑窗口，单击窗口中的"复制弹起时的图形"按钮，将释放状态的按钮复制过来，并将填充颜色改为白色，利用属性面板添加效果为"斜角和浮雕"→"内斜角"，参数设置如图 6.76 所示。

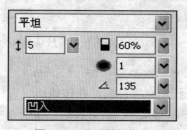

图 6.76　设置斜角状态

（7）单击"按下时滑过"标签，进入按下时滑过的编辑窗口，单击窗口中的"复制弹起时的图形"按钮，将按下状态的按钮复制过来。选中矩形，在属性面板中将内斜角效果去除，并将填充颜色改为浅粉色。

（8）单击"完成"按钮回到文档窗口，单击属性面板的"符合画布"按钮，使画布符合按钮大小。

（9）选择"文件"→"在浏览器中预览"→"在 iexplore.exe 中预览 F12"命令，预览效果，可以看到将鼠标移到按钮上、按下及松开鼠标时，按钮的状态各不相同。

（10）选择"文件"→"导出"命令，导出"HTML 及图像"。

提示：如果既想省事又想矩形效果比较好看，可选中矩形后，在样式面板中单击所需样式即将样式作用于矩形。

【例 6-12】制作弹出菜单。

弹出菜单是一种常见的网页元素，利用弹出菜单可以建立强大的分级导航系统，从而将 Web 页面简化。弹出菜单效果只能在切片或热点上设置，所以要制作弹出菜单，首先应设置切片或热点。

制作步骤：

（1）启动 Fireworks 程序，新建一个文件，命名为"弹出菜单.png"。

（2）在画布上输入文字，如"信息工程系"。

（3）选中文字，右击，在弹出的快捷菜单中选择"插入切片"命令。

（4）此时文字会被绿色的透明矩形切片覆盖。右击绿色切片，在弹出的快捷菜单中选择"添加弹出菜单"命令，如图 6.77 所示。

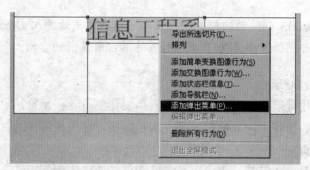

图 6.77　添加行为

（5）在弹出的"弹出菜单编辑器"窗口中单击"内容"标签，在"文本"下面的空白栏中填写"计算机应用技术"，在"链接"栏填写目标网页，如 jsj.htm；在第二行填写"应用电子技术"；在第三行填写"电气自动化技术"，相应的"链接"栏同样填写对应的目标网页名称，如图 6.78 所示。

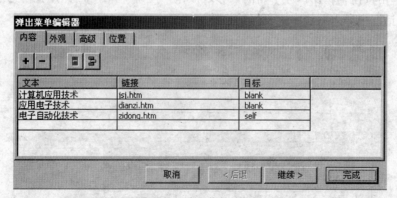

图 6.78　弹出菜单编辑器

（6）单击"继续"按钮，在弹出的"外观"对话框中设置菜单水平或垂直、字体格式、大小、颜色、弹起和滑过状态等。

提示： 在单元格部分可以选择使用 HTML 代码生成菜单效果，下拉菜单完全用 HTML 代码体现，不包含任何图片，也可以用 Image 图像形式生成下拉菜单效果。菜单的表现力更加丰富，而且菜单被制作成了相应的图形文件。

（7）单击"继续"按钮，在弹出的"高级"对话框中设置单元格高度、宽度、间距、边距等。

（8）单击"继续"按钮，在弹出的"位置"对话框中设置子菜单出现的位置。

（9）单击"完成"按钮，按 F12 键预览下拉菜单效果。如果对效果不满意，可在切片上右击，选择"编辑弹出菜单"命令，继续进行修改。

（10）设置画布以符合图像大小。

（11）将文件优化成"GIF 动画"文件。单击"文件"→"导出"命令，选择"导出 HTML 和图像"命令，将文件导出，保存成网页。

提示：用 Fireworks 制做的按钮或弹出菜单可以很方便地插入 Dreamweaver 生成的网页中。要求画布符合图像大小是为了插入网页时不占用多余的空间。

【例 6-13】制作导航栏。

网页中常会使用导航栏，导航栏的作用就是要让浏览者在浏览站点时不会因为迷路而终止对站点的访问。事实上，导航栏就是一组超链接，这组超链接的目的就是本站点的主页以及其他重要网页。

导航栏既可以是文本链接，也可以是一些图像按钮。本例利用 Fireworks 制作一个文字导航栏并导出为网页。

制作步骤：

（1）在 Fireworks 中新建一个文档，选择"编辑"→"插入"→"新建元件"命令，在弹出的对话框中将元件名指定为"按钮 1"，元件类型为"按钮"，单击"确定"按钮。

（2）单击按钮编辑窗口左下角的"导入按钮"按钮（如图 6.79 所示），在弹出的"导入元件"对话框中导入系统中定义好的按钮风格。

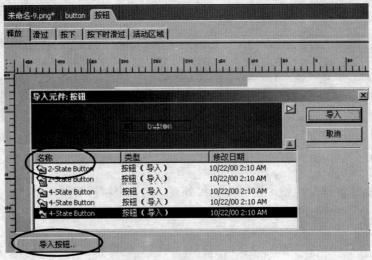

图 6.79　导入按钮样式

（3）在按钮文字上双击，将默认文字修改为所需的文字，如"第一章"。

（4）制作好按钮后，将该元件的实例从"库"面板中拖放到画布中，即在画布中生成元件的实例。重复拖动几次，再将若干个实例按一定的顺序排列，如图 6.80 所示。

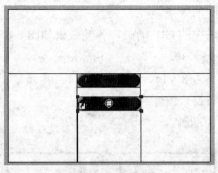

图 6.80　制作导航条

（5）利用属性面板更改各个实例上的文字，以及各个实例的链接（即超链接的目标网页位置）等内容，如图 6.81 所示。

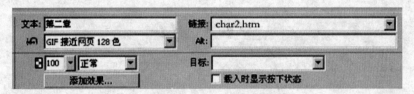

图 6.81　修改元件的实例

（6）将文件优化成"GIF 动画"文件，选择"文件"→"导出"命令，选择"导出HTML 和图像"命令，将文件导出，保存成网页。

（7）最终效果图如图 6.82 所示，当单击 4 个按钮时可以分别超链接到相应章节的网页文件。

图 6.82　导航栏效果图

实训项目

1．收集个人各时期的照片，利用 Fireworks 将其处理成大小相同的照片。

提示：可以用工具面板中的裁剪工具 ⬛ ，配合"修改"→"画布"→"图像大小"命令来处理照片大小。

2．制作出本章所讲实例的效果。

3．制作一个代表下载进度的 GIF 动画，各帧效果如图 6-83 所示，具体要求为：

（1）圆角矩形大小为 95×30。

（2）绿色小矩形的大小为 8×15。

（3）制作完毕，使画布符合图像大小。

（4）导出为 GIF 格式的动画。

第 1 帧　　　　　第 2 帧　　　　　第 3 帧　　　　　第 7 帧

图 6.83　各帧效果

4．综合运用本章所讲的技术制作如图 6-84 所示的图像效果。

图 6.84　图像效果

5．制作一下拉菜单，具体要求如下：

（1）主菜单内容为"教学条件"，子菜单为"课程简介"、"课程大纲"、"考核方案"、"师资队伍"、"教材教参"。

（2）各子菜单分别超链接到 kcjj.htm、kcdg.htm、khfa.htm、szdw.htm、jcjc.htm。

（3）制作完毕，使图像大小符合画布。

（4）导出 HTML 及图像。

第 7 章　初识 Dreamweaver

本章要点

- Dreamweaver MX 2004 简介
- Dreamweaver MX 2004 的基本工作环境

7.1　Dreamweaver MX 2004 简介

Dreamweaver 是美国 Macromedia 公司开发的一款集网页制作和网站管理功能于一体的可视化的所见即所得的网页编辑器，主要用于对网页进行整体的布局和设计，并负责网站的创建和管理。

7.2　Dreamweaver MX 2004 的启动

安装 Dreamweaver MX 2004 后，选择桌面左下角的"开始"→"程序"→Macromedia →Macromedia Dreamweaver MX 2004 命令后，将打开如图 7.1 所示的初始工作界面。

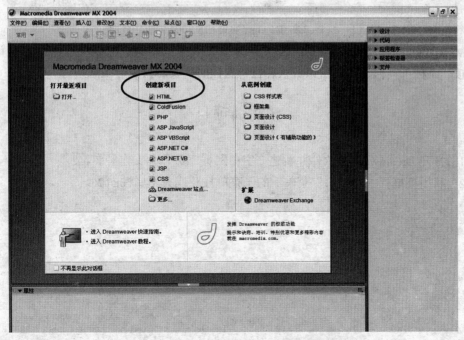

图 7.1　Dreamweaver MX 2004 的初始界面

7.3　Dreamweaver MX 2004 的工作界面

单击此界面中的"创建新项目"栏中的 HTML 项，将进入 Dreamweaver MX 2004 的工作设计界面，如图 7.2 所示。

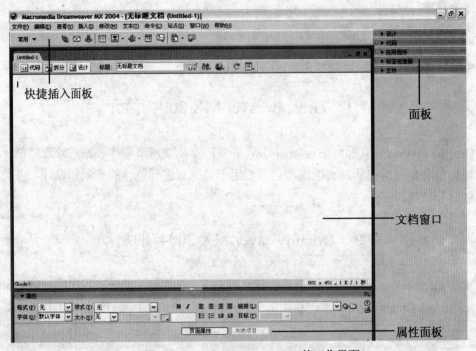

图 7.2　Dreamweaver MX 2004 的工作界面

Macromedia 的网页三剑客采用了相同风格的工作界面，均由标题栏、菜单栏、快捷插入面板、文档工具栏、文档窗口、状态栏、属性面板及面板组等组成。

实训项目

1. 打开 Dreamweaver 软件并新建一空白网页，熟悉其工作界面。
2. 利用菜单栏中"窗口"菜单下的子菜单打开或关闭属性面板。

第8章　建立第一个个人网站

本章要点：

- 熟悉在 Dreamweaver 中建立网站的基本流程
- 向空站点中添加新文件夹和文件

8.1　新建个人站点

前面已经介绍了关于站点的概念和基本类型，本章以实例来说明如何利用 Dreamweaver MX 2004 来创建本地站点的过程，并对站点进行管理。创建站点的步骤如下：

（1）在创建站点之前，首先应该在本地磁盘上创建站点根目录文件夹。本实例中在 D 盘根目录下新建文件夹，并命名为 myweb。

（2）在 myweb 站点文件夹下创建三个子文件夹，分别命名为 pic、music、resource，分别用于存放站点中的图片文件、音乐文件及其他资源文件。

（3）打开 Dreamweaver MX 2004 应用程序，选择"站点"→"管理站点"命令，打开如图 8.1 所示的"管理站点"对话框。

图 8.1　"管理站点"对话框

（4）在"管理站点"对话框中单击"新建"按钮，从弹出的下拉菜单中选择"站点"命令，这时将会打开如图 8.2 所示的"站点定义"对话框，选择"高级"选项卡，出现如图 8.3 所示的界面。

（5）在界面左侧的"分类"中选择"本地信息"，然后在右侧设置各选项如下：

- 站点名称："我的大学"。
- 本地根文件夹：D:\myweb\。
- 默认图像文件夹：D:\myweb\pic。

● 选中"自动刷新本地文件列表"和"启用缓存"复选框。

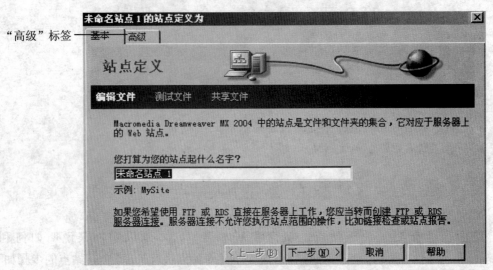

图 8.2 "站点定义"对话框

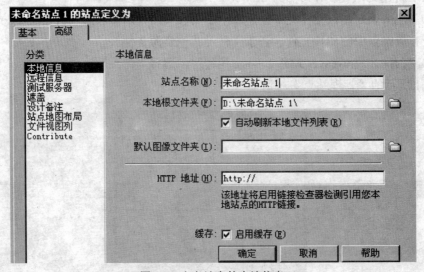

图 8.3 定义站点的本地信息

提示：

（1）设置文件夹更简单的方法是单击文本框右侧的文件夹图标，在弹出的对话框中找到所需要的文件夹。

（2）创建站点后，以后保存网页的位置默认为本地根文件夹 D:\myweb，所使用图像的默认位置为此处设置的默认图像文件夹 D:\myweb\pic。

（6）单击"确定"按钮，在"管理站点"对话框的"站点列表"中出现了新建的站点名"我的大学"，如图 8.4 所示。

图 8.4　管理站点图

（7）单击"管理站点"对话框中的"导出"按钮，在弹出的"导出站点"对话框中选择"备份我的设置"，单击"确定"按钮。

（8）在弹出的"导出站点"对话框中，可以看到站点的默认保存位置即为 D:\myweb 文件夹，在文件名文本框中输入站点文件名 backup，保存类型采用默认值"站点定义文件 *.ste"。

（9）单击"完成"按钮，这时在文件面板上就可以看到本站点的相关结构信息，如图 8.5 所示，到此就完成了站点的创建工作。

图 8.5　站点文件信息

说明：

（1）以后如果再要编辑使用该站点时，只要在"管理站点"对话框中单击"导入"按钮，将导出的站点文件引入即可。

（2）上面介绍的是用高级模式建立站点，对于用向导模式创建站点的方法与之相似，在此不再赘述。

8.2　向空白站点中添加新文件及新文件夹

通过上面的操作已经创建好了一个空白的个人站点，现在就需要对站点进行充实和修饰了。如何向站点中添加新的文件及文件夹呢？

（1）选择"窗口"→"文件"命令，打开"文件"面板，单击"文件"面板中的"扩展/折叠"按钮展开面板，如图 8.6 所示。

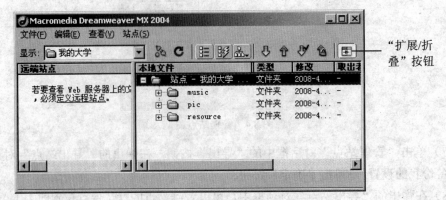

图 8.6　展开的"文件"面板

（2）在右侧窗格的文件列表中选中站点名称，选择"文件"菜单→"新建文件"命令，系统将自动在站点下新建一个名为 untitled.htm 的文件，如图 8.7 所示。

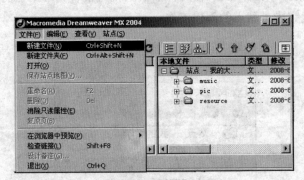

图 8.7　新建文件

（3）选中刚建立的文件，右击，在弹出的快捷菜单中选择"编辑"→"重命名"命令，将文件改名为 index.htm，如图 8.8 所示。

图 8.8　新建首页 index.htm

（4）如有需要，可用同样的步骤新建文件夹并重命名。

8.3　设置网页属性

网页的属性包括网页的背景、标题、链接样式等，为了使自己的网页更具有特色，更有吸引力，可以对网页的一些属性作一定的修改，具体实现步骤如下：

（1）在文件面板上双击刚创建的文件 index.htm。

（2）单击"修改"→"页面属性"命令，弹出"页面属性"对话框，如图 8.9 所示。

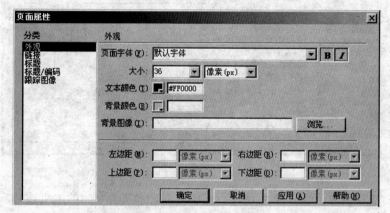

图 8.9　"页面属性"对话框

（3）在左边的"分类"项中选择"外观"，右边设置文字大小为 36，文本颜色为红色，加粗、倾斜。

（4）设置完毕，单击"确定"按钮，在 index.htm 网页的文档区中输入文字"节日快乐"，可以看到这 4 个字的字体格式即为刚才所设置的格式。

8.4　预览网页

Dreamweaver 具有所见即所得的优点，但要对网页的外观有一个确切的了解，只能在浏览器中进行预览。

选择"文件"→"在浏览器中预览"→iexplorer 命令，可以在浏览器中查看 index 网页的效果。

提示：要预览网页，更简单的方法是直接按 F12 键。

8.5　网站的上传

做好一个简单的网站后，就可以将它上传到 Internet 上，具体实现步骤如下：

（1）打开 Dreamweaver，选择"站点"→"管理站点"命令，打开"管理站点"对话框，选择要上传的站点"我的大学"。

（2）单击"编辑"按钮，弹出"站点定义对话框"，选择"高级"选项卡，在左边的"分类"项中选中"远程信息"。

（3）在右边远程信息的"访问"下拉列表中选择 FTP，如图 8.10 所示。

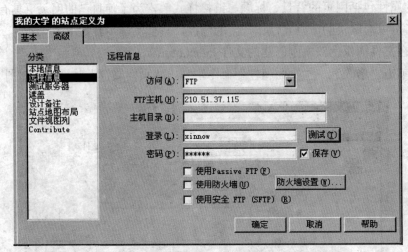

图 8.10　配置远程信息

（4）在"FTP 主机"文本框后填写我们申请或者购买的空间的主机地址，也就是主机的 IP 地址或者已解析成功的域名。

　　提示：此处一定不能带有网络协议（即不能带有 http://或 ftp://等）。

（5）"主机目录"文本框后填写远程站点所在 FTP 主机上的目录，一般都为根目录，可以不填。

（6）分别在"登录"和"密码"文本框后填入获得的用户名（也叫账号）和密码。

（7）单击"测试"按钮，开始检查设置状况和验证用户密码。所有设置无误，则弹出一个成功的信息提示框告知用户设置成功，如图 8.11 所示，单击"完成"按钮完成设置。

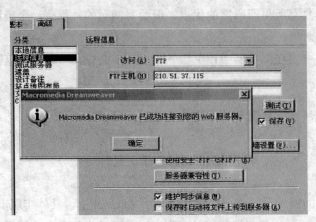

图 8.11　测试连接

（8）单击 Dreamweaver 文件面板右侧的"扩展/折叠"按钮，如图 8.12 所示，则进入

Dreamweaver 的上传平面，如图 8.13 所示，左侧显示远端站点文件，右侧显示本地站点文件。

图 8.12　Dreamweaver 的上传平面图（1）

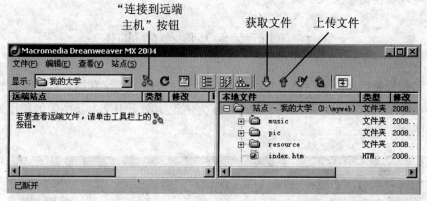

图 8.13　Dreamweaver 的上传平面图（2）

（9）在该窗口中单击"连接到远端主机"按钮，开始连接到远程 FTP 站点。

（10）选择本地要上传的站点或网页，选择"站点"→"上传"命令即可将本地信息上传到 Internet 上的主页空间中。

（11）选择远程文件，单击文件面板的"获取文件"按钮可将 Internet 主页空间中的文件下载到本地计算机中。

（12）上传完毕，在浏览器的地址栏中输入获得的 FTP 主机地址访问网站，若能正确访问，则表示上传成功。

实训项目

创建一个名称为"个人网站"的站点，具体要求如下：

（1）站点下必须包含专门用来存放图片的子文件夹 image。

（2）站点中至少应包含一个主页 index.htm。

（3）收集/制作关于自身的文字、图片方面的相关信息，并存入相应的站点文件夹下。

（4）将制作好的站点上传到预先申请到的 Internet 空间上。

第9章 创建简单的静态网页

本章要点

- 网页中文本及图像的使用
- 插入 Flash 动画
- 制作站点相册
- 表格的使用
- 超级链接的含义及创建方法

9.1 网页文本及图像的使用

文本和图像是网页文件中两大重要的组成部分，合适的文字和图片的结合可以使网页内容丰富。本节将以校园风景网页 synery.htm 为例说明网页中文本及图像的使用方法，最终效果如图 9.1 所示。

图 9.1 实例效果图——美丽的校园

9.1.1　网页文本操作

（1）在"我的大学"站点中新建一个网页，将网页命名为 synery.htm，在编辑区中打开该网页文件。

（2）在文档窗口内输入文本"美丽的校园"，并利用鼠标拖选的办法将文本选中。

（3）在属性面板中设置文本大小为 24，单位为"像素"，并设置字体为粗体，居中对齐，如图 9.2 所示。

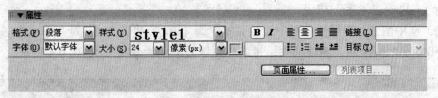

图 9.2　文本属性对话框

（4）单击"字体"选项，在下拉列表中选择"编辑字体列表"命令，打开"编辑字体列表"对话框，如图 9.3 所示。

图 9.3　添加新字体

（5）单击 ⊞ 按钮后在下方的"可用字体"列表中选择"宋体"，单击 ⊠ 按钮，将选取的字体加入到"选择的字体"列表中，单击"确定"按钮。

（6）新增加的"宋体"就出现在字体属性面板上，如图 9.4 所示。

（7）选择"字体"下拉列表中的"宋体"，将文档中的文本设置为宋体格式。

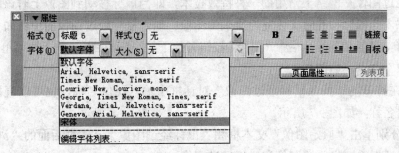

图 9.4　显示新字体

（8）按 Enter 键换行。

你知道吗？

对文本格式的设置还可以通过"文本"菜单下的各子菜单来完成。

9.1.2　插入图像并设置图像属性

（1）选择"插入"→"图像"命令，在弹出的"选择图像"对话框中选择目标文件 school.jpg，单击"确定"按钮。

（2）选中图像，在属性面板中设置其宽度为 450，高度为 300，对齐方式为居中对齐，在"替代"文本框中输入图像的文本说明信息"我们的教学楼"，如图 9.5 所示。

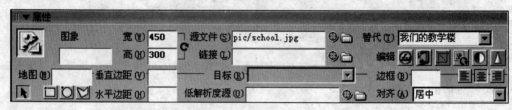

图 9.5　图像属性面板

（3）选择"文件"→"保存"命令，保存网页。

（4）按 F12 键查看网页效果。

提示：

（1）在网页中插入图像前，为了保证链接及显示的正确，应事先将图像复制到站点的 pic 文件夹下。

（2）替代文字的作用有两种：

● 当图像不能正常显示时，在图像位置出现提示文字。

● 当鼠标悬停在图像上一段时间后，鼠标的下方出现的黄底说明框中显示替代文字，能对浏览者作出必要的提示。

9.1.3　插入鼠标经过图像

鼠标经过图像是网络上常用的一种特效技术，即当鼠标移动到图像上时该图像会换成另一张图像，当鼠标移开时又恢复为原来的图像。插入鼠标经过图像的步骤如下：

（1）单击"常用"工具栏中"图像"按钮旁的下拉小三角，从下拉菜单中选择"鼠标经过图像"命令，如图 9.6 所示。

（2）在打开的"插入鼠标经过图像"对话框中输入图像名称，也可以直接采用系统给出的默认名称，如图 9.7 所示。

（3）分别单击"原始图像"文本框和"鼠标经过图像"文本框后面的"浏览"按钮，在弹出的对话框中选择原始图像和鼠标经过图像。

单击此处切换到
"常用"工具栏

图 9.6 插入鼠标经过图像

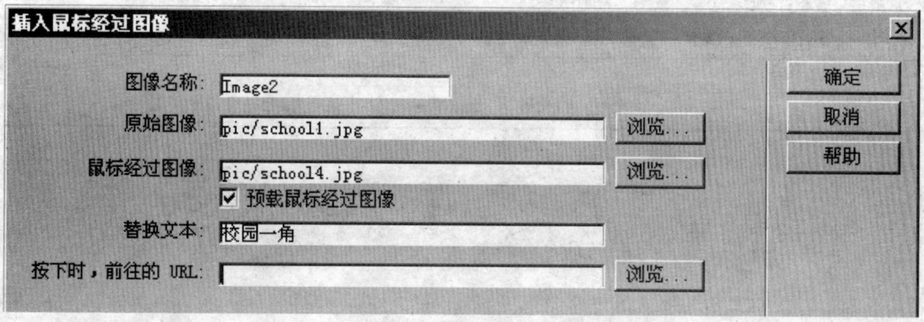

图 9.7 "插入鼠标经过图像"对话框

（4）在"替换文本"文本框中输入替换文字，在"按下时，前往的 URL"文本框中输入要超级链接的文件路径。

（5）单击"确定"按钮，就完成了插入鼠标经过图像。

（6）保存网页，按 F12 键预览，可以看到当鼠标经过该图像时，该图像就切换成另一张图像；鼠标离开时，图像又换了回来。效果分别如图 9.8 和图 9.9 所示。

图 9.8 鼠标经过前的网页效果

图 9.9 鼠标经过时的网页效果

9.2　插入 Flash 动画

适量的静态图像能为网页增色不少，如果能在网页中插入一些具有动态效果的图像则会使网页更加生动、活泼。本节将通过具体实例说明在网页中插入 Flash 动画并设置 Flash 动画属性的方法，实例的最终效果如图 9.10 所示。

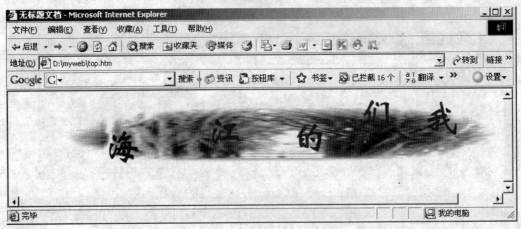

图 9.10　网页实例效果图

（1）在站点"我的大学"中新建一个网页，并将其命名为 top.htm。

（2）定位鼠标，然后选择"插入"→"媒体|shockwave"命令。

（3）在打开的对话框中选择站点图像文件夹（D:\myweb\pic）中的 sl.swf 文件，这时在网页中将出现如图 9.11 所示的画面，选中所插入的动画，单击属性面板中的"播放"按钮即可看到实际的动画效果，如图 9.12 所示。

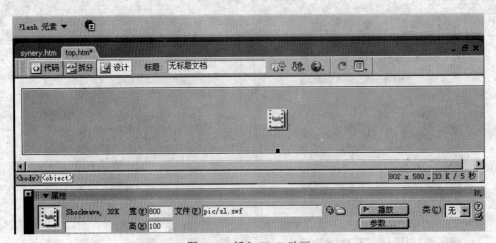

图 9.11　插入 Flash 动画

（4）保存修改过的网页，并按 F12 键预览效果。

图 9.12　播放 Flash 动画

9.3　站点相册的制作

　　在个人站点中电子相册是不可缺少的一部分，传统的相册制作过程比较烦琐，Dreamweaver MX 2004 中的"站点相册"功能与 Fireworks 的完美结合，使得这一过程变得极为轻松。本节将制作一个"集体活动之动物园之行"网页，最终效果如图 9.13 所示。

图 9.13　站点相册效果图

　　（1）在站点"我的大学"中创建新网页，将其命名为 animal.htm。

　　（2）选择"命令"→"创建站点相册"命令，打开"创建站点相册"对话框，如图 9.14 所示。

图 9.14 "创建站点相册"对话框

（3）在"创建站点相册"对话框的"相册标题"文本框中输入"动物园之行"。

（4）单击"源图像文件夹"右边的"浏览"按钮，在弹出的对话框中选择站点文件夹中的 img 文件夹（img 文件夹内保存了若干动物图像）。

（5）单击"目标文件夹"右边的"浏览"按钮，在弹出的对话框中选择站点文件夹中的 album 文件夹。

（6）单击"缩略图大小"右边的倒三角按钮，在弹出的下拉列表中选择 100×100。

（7）在"列"文本框中输入 4，将"缩略图格式"和"相片格式"都设置为"JPEG－较高品质"，如图 9.15 所示。

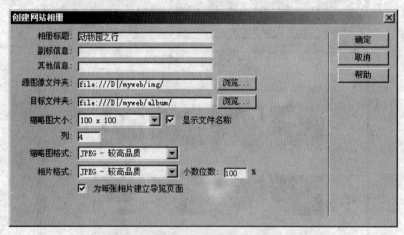

图 9.15 设定站点相册属性

（8）单击"确定"按钮后，系统会自动启动 Fireworks 制作相册，制作完成后，系统会给出如图 9.16 所示的提示，单击"确定"按钮，将完成站点相册的制作。

提示：

（1）在制作站点相册时，需要 Dreamweaver 和 Fireworks 的相互结合，所以要先安装 Fireworks 软件。

（2）生成的相册网页存放在目标文件夹 D:\myweb\album 下，文件名为 index.htm。

图 9.16　相册建立完毕

9.4　表格的使用

表格是网页中十分重要的元素，本节将通过一个网页实例说明如何在网页中插入表格、设置表格属性、对表格单元格进行拆分、合并等，实例效果如图 9.17 所示。

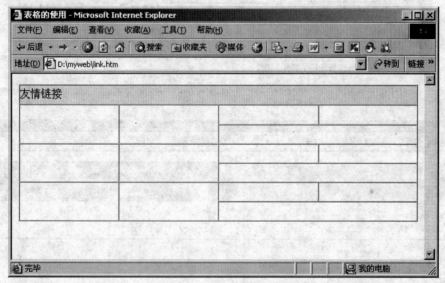

图 9.17　表格网页效果图

（1）在站点中新建一个 HTM 网页，并命名为 link.htm。

（2）选择"插入"→"表格"命令，或单击"常用"工具栏中的"表格"按钮，打开"表格"对话框。

（3）在"表格"对话框中，输入表格行数为 4、列数为 4，表格宽度为 100%，将表格边框粗细设置为 1 像素，"单元格边距"和"单元格间距"均设置为 0，其他均采用默认值即可，最后单击"确定"按钮，如图 9.18 所示。

（4）用鼠标拖选的方法选中表格第 1 行的 4 个单元格，在表格属性面板中单击"合并单元格"按钮，将 4 个单元格合并。拖动鼠标选中所有单元格，在属性面板的"高"文本框中输入 60，如图 9.19 所示。

（5）在表格第 1 行的单元格中输入文字"友情链接"，并利用属性面板设置其背景色为"天蓝色"，如图 9.20 所示。

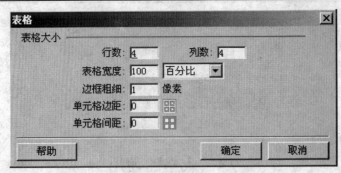

图 9.18　"表格"对话框

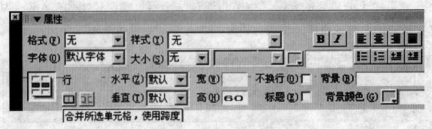

图 9.19　合并单元格

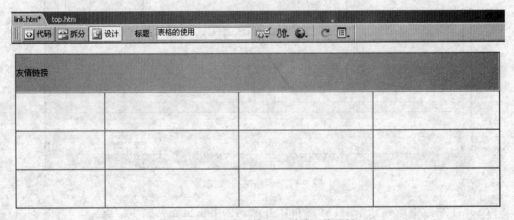

图 9.20　合并单元格并设置单元格属性

（6）选中第 2 行的 3、4 两列的单元格，单击属性面板中的"合并单元格"按钮，将这两个单元格合并。

（7）将光标定位在上一步刚合并的单元格内，单击属性面板中的"拆分单元格"按钮，在弹出的"拆分单元格"对话框的"行数"文本框中输入行数为 2，单击"确定"按钮，如图 9.21 所示。

（8）将被拆分后的上一行的单元格选中，利用相同的方法，将其拆分为两列的单元格，效果如图 9.22 所示。

（9）用同样的方法对其他单元格继续合并、拆分，最终效果如图 9.23 所示。

（10）按实际需要在各单元格中输入文字或插入图像。

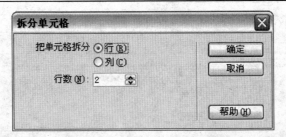

图 9.21　"拆分单元格"对话框

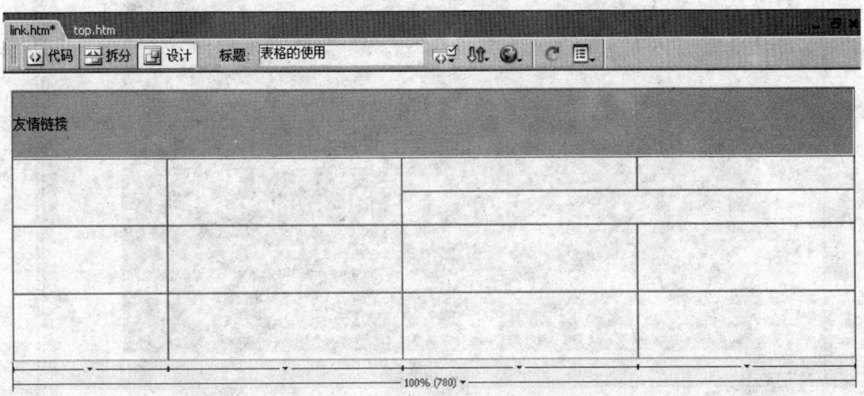

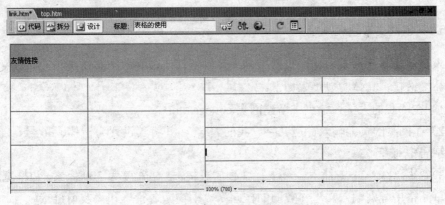

图 9.22　拆分单元格

图 9.23　拆分效果图

9.5　创建超级链接

超级链接的文本组织方式好比人类的联想思维方法，网页借助于超级链接能够快速、准确地进行文件定位。

所谓的超级链接是指从一个网页指向一个目标的连接关系，按照使用对象的不同，网页中的链接可以分为：文本超级链接、图像超级链接、E-mail 链接和锚点链接。下面就以几个具体的实例来详细讲解一下各种超级链接的创建方法，最终效果如图 9.24 所示。

图 9.24　超级链接效果图

9.5.1　创建文本超级链接

文本超级链接是网页中使用最普遍的一种链接，所谓文本超级链接指的是以文本作为链源的超级链接，具体实现步骤如下：

（1）在"我的大学"站点中新建网页 college.htm。

（2）在网页的页端输入标题文字"我的大学"，并将其设置为楷体、36 号、加粗、红色，文字居中对齐。

（3）在标题文字下方插入一个 1 行 3 列的表格，表格宽度为 300 像素，边框宽度为 0，在 3 个单元格中分别输入文字"美丽的校园"、"动物园之行"和"友情链接"。

（4）选中第 1 个单元格中的文字"美丽的校园"，在文本属性面板的"链接"文本框后直接输入超级链接目标——校园风景网页 synery.htm，或者单击链接文本框右边的文件夹图标　，在打开的"选择文件"对话框中选择目标文件，如图 9.25 所示。

图 9.25　超级链接属性对话框

提示：

实现超级链接也可以通过"超级链接"对话框来实现，打开"超级链接"对话框的方法有两种：

（1）选择"插入"→"超级链接"命令来实现。

（2）单击"常用"插入面板中的 🖉 按钮。

其他类型的超级链接也可以在"超级链接"对话框中实现，后面就不再重复叙述了。

（5）在"目标"下拉列表中选择打开类型为_blank，表示在新窗口中打开链接目标文件。

（6）用同样的方法为另两个单元格中的文本创建超级链接，分别指向站点下的 album/index.htm（相册网页）和 link.htm。

9.5.2　创建图像超级链接

图像超级链接有两种类型：

（1）以整个图像作为链源，当用鼠标单击图像的任意位置时，就能链接到指定的目标对象。

（2）创建图像地图，单击图像中的不同部分时可以链接到不同的目标位置。

下面就以图像地图为例详细介绍一下图像超级链接的创建方法，具体实现步骤如下：

（1）在 Dreamweaver 中打开网页 college.htm，在导航表格的下方插入 pic 文件夹中的 tsg.jpg，并根据情况对其属性进行适当的修改。

（2）选择属性面板中的矩形热点工具，并在图片中画出热点区域，如图 9.26 所示。

图 9.26　绘制热点

（3）在属性面板的"链接"文本框中输入链接目标地址为 synery.htm，并设定目标为 _blank，如图 9.27 所示。

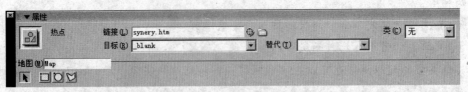

图 9.27 设置热点超级链接

9.5.3 创建 E-Mail 链接

在网页上添加一个 E-Mail 链接，可以方便用户反馈意见，E-Mail 链接的目标不是其他的文件，而是 E-Mail 地址。具体实现步骤如下：

（1）在网页 college.htm 的图片下方插入一行文字"联系我们"。

（2）选中文字"联系我们"，选择"插入"→"电子邮件链接"命令，打开"电子邮件链接"对话框。

（3）在 E-Mail 文本框中输入目标邮件地址 iam87@hotmail.com，如图 9.28 所示。

图 9.28 创建邮件超级链接

9.5.4 创建锚点超级链接

"锚点"指的就是在文档中所设置的特定标记。通过锚点链接，可以使链接指向当前文档或不同文档中的指定位置，通常用来跳转到特定的主题或文档的顶部，使访问者能快速浏览到选定的位置，加快信息检索的速度。

在"我的大学"站点中已有网页 xbjs.htm（系部介绍），其原始效果如图 9.29 所示。现利用该网页举例说明创建锚点超级链接的方法。

创建锚点超级链接应分两步走，首先要在目标位置插入锚点，第二步创建指向已定义好的锚点。

1. 设置锚点

（1）打开网页 xbjs.htm，将光标定位在文档窗口正文部分的文字"信息工程系"之前，选择"插入"→"命名锚记"命令，打开"命名锚记"对话框。

（2）在"锚记名称"文本框中输入锚点名 a1，如图 9.30 所示。

（3）这时在光标定位的位置出现了一个锚点标记 。

（4）用同样的方法在其他各系系名前依次插入锚点，效果如图 9.31 所示。

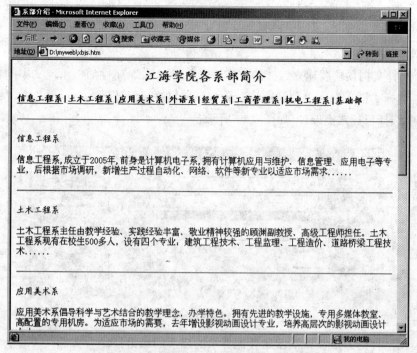

图 9.29　网页原始图

图 9.30　插入命名锚记

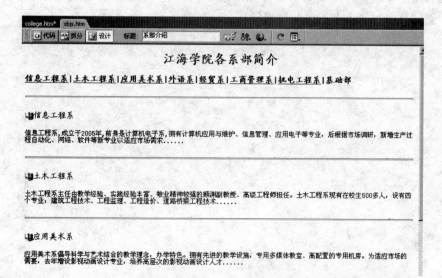

图 9.31　定义锚点

说明：锚点的命名区分大小写。

2．创建锚点链接

（1）选择文档顶端要建立链接的文本"信息工程系"，属性面板出现文本的相关属性。

（2）选择"插入"→"超级链接"命令，弹出"超级链接"对话框，在"链接："后的列表框中选择目标锚点#a1，如图 9.32 所示。

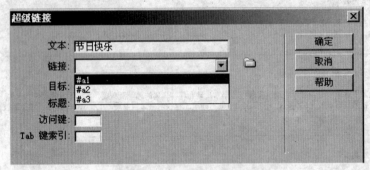

图 9.32　创建锚点超级链接

（3）用同样的方法，依次创建其他各系的锚点超级链接。

（4）保存文件，按 F12 键查看所有超级链接的链接效果。

你知道吗？

如果超级链接目标是不同文档中的某个锚点，则应先选择目标文档，然后再选择锚点名。

实训项目

1．利用本章所讲的方法制作个人相册，并保存在"个人网站"站点中。

2．创建从主页到个人相册的超级链接。

第 10 章　网页布局

本章要点

● 　层的概念及使用
● 　框架的概念及使用

网页布局的作用就是帮助设计者进行网页内容的定位，常用的网页布局方法有 3 种：表格、层和框架。在第 9 章中已经介绍了表格的使用方法了，在本章中我们重点介绍一下有关层和框架的使用方法。

10.1　层的使用

层是一种 HTML 网页元素，具有丰富的定位功能，它可以定位在页面上的任意位置；层又是一种容器，可以包含文本、图像或其他任何可在 HTML 文档中放入的内容。本节中通过具体实例演示一下如何在网页中插入层、设置层的属性，并进行层的精确定位。实例的最终效果如图 10.1 所示。

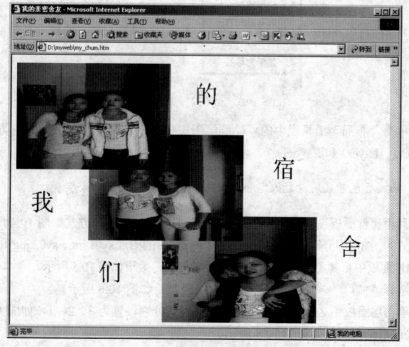

图 10.1　网页效果图

（1）在站点中新建网页文件，命名为 my_chum.htm。

（2）单击属性面板中"页面属性"按钮，打开"页面属性"对话框。

（3）在左边的"分类"项中选择"标题/编码"，在右边的"标题"文本框中输入"我的亲密舍友"，单击"确定"按钮，如图 10.2 所示。

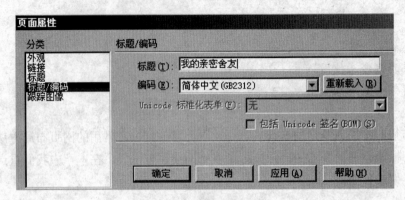

图 10.2　设置页面标题

（4）在"插入"工具栏中选择"布局"类别，如图 10.3 所示。

图 10.3　"布局"工具栏

（5）单击"布局"工具栏中的"绘制层"按钮，在编辑区中用鼠标拖动绘制出 3 个层：Layer1、Layer2 和 Layer3。

提示：插入层也可采用"插入"→"布局对象"→"层"命令实现。

（6）利用属性面板设置层的大小均为宽 300、高 200，排列方式如图 10.4 所示。

（7）在 3 个图层中分别插入站点图像文件夹 pic 中的图片 sy01.jpg、sy02.jpg 和 sy03.jpg，并在图像属性面板中将其大小均设置为宽 300、高 200，效果如图 10.5 所示。

（8）选择"窗口"→"层"命令，打开层面板，如图 10.6 所示。

（9）单击层面板中 Z 列 3 个图层的编号，将其分别设置为 3、2、1，如图 10.7 所示。改变叠放顺序后的网页效果如图 10.8 所示。

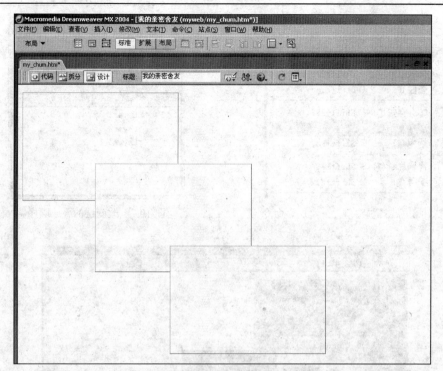

图 10.4　插入图层

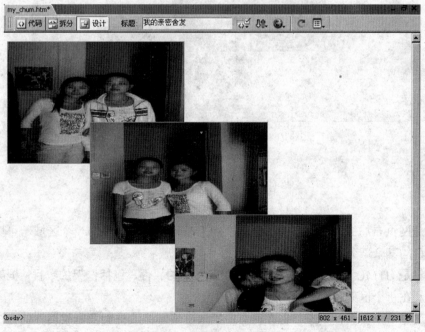

图 10.5　在图层中插入图片

（10）在页面空白处再插入 5 个大小均为 50×50 的层，并在层中分别输入文字"我"、"们"、"的"、"宿"和"舍"，字体大小均为 46，形成最终效果。

图 10.6　选择"窗口"→"层"命令　　　　　　　图 10.7　改变层的叠放顺序

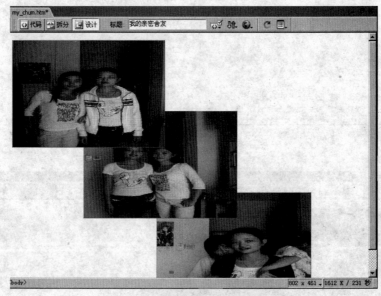

图 10.8　改变层叠放顺序后的效果

10.2　框架的使用

　　框架是网页布局的一个重要工具，它实际上是浏览器窗口中的一个区域，可以显示与浏览器窗口的其余部分无关的 HTML 文档。

　　框架集是 HTML 文件，它定义一组框架的布局的属性，包括框架的数目、框架的大小和位置以及在每个框架中显示的初始页面的 URL。

　　本节通过一个实例让大家掌握在网页中插入框架、修改框架及框架属性的方法。实例最终效果如图 10.9 所示。

　　（1）在"我的大学"站点中选择"文件"→"新建"命令，弹出"新建文档"对话框，在"常规"标签的"类别"中选择"框架集"，在右边的"框架集"中选择"上方固定，左侧嵌套"，如图 10.10 所示，单击"创建"按钮，完成框架的创建。

图 10.9 框架网页效果图

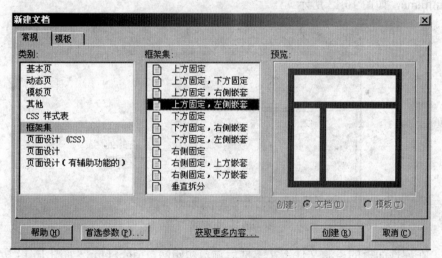

图 10.10 插入框架

（2）单击框架的任一边界，使框架为选中状态，选择"文件"→"保存框架页"命令，在打开的对话框中将其保存为 index.htm。

提示：要完成上面的保存框架和保存框架页操作，框架边框必须是可见的。如果默认情况下是看不见边框的，可以选择"查看"→"可视化助理"→"框架边框"命令以使框架边框可见。

（3）用鼠标选中上下框架页之间的框架边界，在相应的属性面板中选中上框架缩略图，将其高度设置为 100 像素，如图 10.11 所示。

图 10.11　设置上框架高度.

（4）用鼠标选中左右框架页之间的框架边界，在相应的属性面板中选中左框架缩略图，将其宽度设置为 150 像素，如图 10.12 所示。

图 10.12　设置左框架宽度

（5）选择"窗口"→"框架"菜单命令，打开框架窗口，并在框架窗口中单击选中右框架 mainframe，如图 10.13 所示。

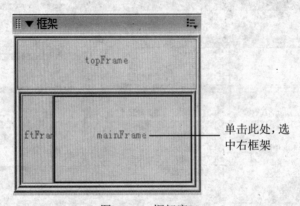

图 10.13　框架窗口

（6）在属性面板的"源文件"文本框后输入初始网页 right.htm，如图 10.14 所示。

图 10.14　设置右框架初始页面

（7）用同样的方法分别设置左框架和上框架网页的源文件为站点文件夹中的 left.htm 和 top.htm。

你知道吗？

如果一个页面由框架分成 3 个部分，保存时涉及到几个 HTML 文档呢？

事实上它至少由 4 个单独的 HTML 文档组成：框架集文件以及分别在 3 部分显示的文档。

如上例中，整个框架保存为 index.htm，3 部分的网页则分别为 top.htm、left.htm 和 right.htm。

实训项目

利用本章所讲的方法对"个人网站"站点的主页进行合理的页面布局，具体要求如下：

（1）网站主要包括个人简介、求学经历、个人爱好、个人相册、联系方式等内容。

（2）规则好各元素的存放位置后利用表格或层进行布局。

（3）并在适当位置插入准备好的文字和图片资料。

（4）将更新的"个人网站"重新上传到 Internet 上。

第 11 章　模板和库

本章要点

- 模板与库的含义
- 模板与库的创建
- 模板与库的应用

11.1　模板和库的概念

我们在网上冲浪时，会发现一个网站中大部分网页的格局及其外观特征都是相似的，可能会包括一些相同的文本、图像或其他的一些对象元素。对于这些相同的部分，重复制作的话将会浪费很多时间。为了提高重复可用性，Dreamweaver 提供了模板和库这两个非常有用的工具。

11.1.1　模板

模板本身也是一个文档，它是制作其他网页文档的基础。如果在同一个站点中，要使所有的页面都具有相同的布局，最佳的方式就是先创建模板，然后根据模板生成其他网页，经相应编辑后，很快就可以制作出满足自己要求的网页了。

11.1.2　库

与 Flash 的库一样，Dreamweaver 的库中保存着本站点可重复使用的网页元素，如文本、图像、表格等，这些元素称为库项目。

你知道吗？

模板和库文件都是可以随时修改的，修改完之后，应用了模板和库的相关网页也会跟着更新。

11.2　模板的应用

11.2.1　创建模板

模板也是一个文档，创建一个模板也就是创建新文档。总体来讲，创建模板主要有 3 种方式：通过现有文档创建、使用"新建文档"对话框创建和在资源面板中创建。

1. 从现存文档创建模板

对于编辑好的文档，可以将它作为模板保存到当前站点中。将网页保存为模板文件的操作步骤如下：

（1）在 Dreamweaver 中打开要作为模板的网页，然后选择"文件"→"另存模板"命令，打开"另存模板"对话框，如图 11.1 所示。

图 11.1 "另存模板"对话框

（2）在"另存模板"对话框中选择保存模板的站点 myweb，在"另存为"文本框中输入模板文件名 popmusic，然后单击"保存"按钮，这时出现如图 11.2 所示的提示框。

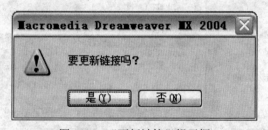

图 11.2 "更新链接"提示框

（3）单击"是"按钮，以更新链接，完成模板的创建。

（4）此时，Dreamweaver 会自动在当前站点创建 Templates 文件夹，并将新创建的模板文档存入该文件夹下。

（5）选择"窗口"→"资源"命令，打开站点的资源面板。单击资源面板左侧的▤按钮，发现刚创建的模板已显示在资源面板中了，如图 11.3 所示。

2. 使用"新建文档"对话框创建模板

如果要直接创建一个全新的模板，可以按如下操作步骤进行：

（1）选择"文件"→"新建"命令，打开如图 11.4 所示的"新建文档"对话框。

（2）选择"常规"选项卡，在"类别"列表中选择"模板页"项目，在右侧显示的相应的"模板页"类型中选择"HTML 模板"。

（3）单击"创建"按钮后就会在编辑区中打开新建的模板文档，然后就可以像编辑普通网页一样对模板进行编辑了。

（4）编辑完成后单击"保存"按钮，在弹出的对话框中选择模板文件保存的站点及模板名称即可。

图 11.3　资源面板

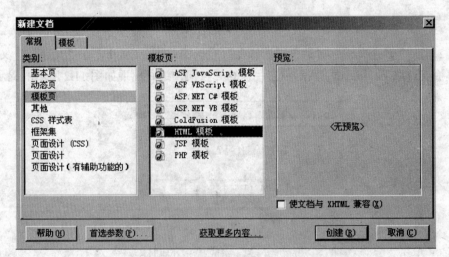

图 11.4　"新建文档"对话框

11.2.2　编辑模板

1. 创建锁定区域

编辑模板和编辑普通网页一样，先在 Dreamweaver 的编辑区中打开要编辑的文档，然后插入文本、图像等对象。

以这种方式插入的对象是所有应用该模板的网页公有的，在网页中不能做修改，所以被称之为"锁定区域"，如果对锁定区域进行编辑系统将会给出警告。

2. 创建可编辑区域

要想根据模板生成的网页既具有共性又具有自己的个性，就要在模板中创建可编辑区域，那样应用该模板的网页在编辑区域就可以随心所欲地进行编辑了。在模板文档中创建可编辑区域的操作步骤如下：

（1）打开模板文档后，选择想要设置为可编辑区域的文本或内容，或将光标定位在想要插入可编辑区域的位置；

（2）选择"插入"→"模板对象"→"可编辑区域"命令。

（3）将打开如图 11.5 所示的"新建可编辑区域"对话框，为该区域命名，然后单击"确定"按钮。

（4）在文档窗口中就可以看到插入的可编辑区，在可编辑区域的左上角显示出了该区域的名称，这个名称是唯一的，起到标识性的作用，如图 11.6 所示。

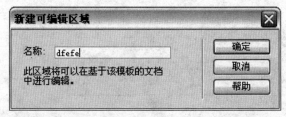

图 11.5　"新建可编辑区域"对话框　　　　图 11.6　显示可编辑区域

3．删除可编辑区域模板标记

删除模板中的某个可编辑区域的步骤如下：

（1）在文档窗口中打开模板窗口。

（2）单击需要修改的可编辑区域左上角的绿色标签，选中该可编辑区域。

（3）选择"修改"→"模板"→"删除模板标记"命令，该可编辑区域即变为锁定区域。

11.2.3　应用模板

创建好的模板既可以应用到已有的网页，又可以基于模板创建新的网页。

1．将模板应用于已有网页

具体实现步骤如下：

（1）在 Dreamweaver 的文档编辑区中打开网页。

（2）选择"窗口"→"资源"命令，打开资源面板，单击资源面板左侧的"模板"按钮，将在右侧窗口中列出站点中所有的模板。

（3）选择所需要的模板，然后单击资源面板底部的"应用"按钮，选中的模板即应用到当前网页中。

你知道吗？

你可能会发现，在单击了"应用"按钮之后，会出现一个如图 11.7 所示对话框，这是为什么呢？

这是因为当前网页中的可编辑区域与模板的可编辑区域不完全匹配，如果强行应用的话，当前文档的非匹配区域中的内容可能会丢失。

所以，在将模板应用到已有网页时，最好是将模板应用于新文档，否则应确保当前文档的可编辑区域与应用模板的可编辑区域匹配。

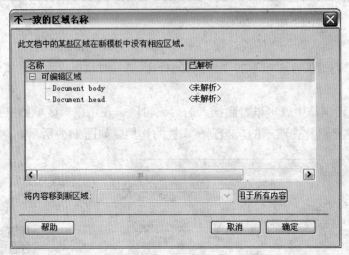

图 11.7　出错提示

2. 将模板应用于新建文档

操作步骤如下:

（1）选择"文件"→"新建"命令,打开"新建文档"对话框。

（2）在"新建文档"对话框中选择"模板"选项卡。

（3）在左侧选择要使用的模板所在的站点,然后在右侧的列表中选择模板名,选中对话框右下角的"当模板改变时更新页面"复选框,如图 11.8 所示,最后单击"创建"按钮。

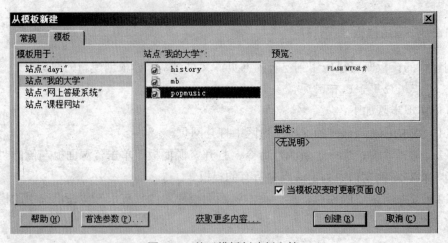

图 11.8　基于模板创建新文档

3. 更新网页

将模板应用到网页之后,网页就继承了模板的风格,还可以在网页的可编辑区域中进行修改。但如果原始的模板文件被修改过了,如何来使这些基于模板而创建的网页自动产生变化呢? 可以通过以下两种方式来修改基于模板的文档:

（1）更新当前网页。通过选择"修改"→"模板"→"更新当前页面"命令实现。

（2）更新所有网页。通过选择"修改"→"模板"→"更新页面"命令,实现对使用到该模板的所有文档的及时更新。

实训项目

1．根据"个人网站"站点的主页生成模板，并利用模板来创建"个人网站"站点的其他网页。

2．利用超链接将网站中的相关网页链接起来。

知识链接——HTML 语言的应用

至此，利用 Dreamweaver 进行网页制作的常用技术都介绍完了。最后，我们举一些利用 HTML 语言来设置/修改网页的实例，供有兴趣的同学参考。

1．修改浏览器的标题<title>

要想修改浏览器的标题，可以在<head>和</head>之间加上一个 title 标记，格式为：<title>浏览器标题</title>,其内容长度不能超过 64 个字符。下面举例修改网页标题为"HTML 页面"。

（1）打开 Dreamweaver MX 2004（也可在记事本中编辑 HTML），选择"代码"视图并输入如下 HTML 语句，如图 11.9 所示。

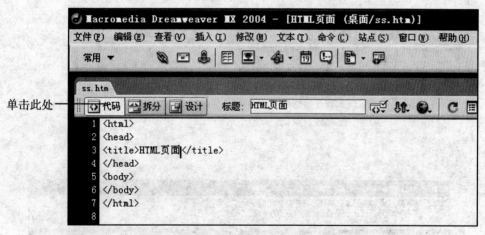

图 11.9　在 Dreamweaver 中编辑 HTML

（2）选择"文件"→"保存"命令，选择文件的保存路径，在"文件类型"下拉列表中选择"所有文件"，输入文件全名 index.htm。

（3）按 F12 键在浏览器中预览，可以看到网页标题为"HTML 页面"，如图 11.10所示。

2．定义标题格式<hn>

这里的标题是指浏览器窗口中显示的标题，而不是浏览器的标题，标题总是用加强的效果来表示。

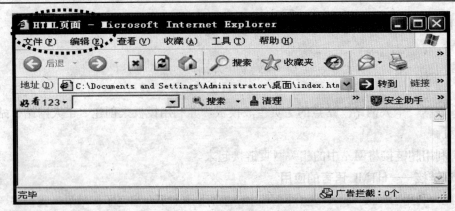

图 11.10 浏览器标题效果

标题标记格式：<hn align="对齐方式">标题</hn>

其中 n 用来指定标题文字的大小，n 的取值范围是 1~6 的整数，取 1 时字最大，取 6 时最小，默认为<h6>。align 用来设置标题在页面的对齐方式，其值包括 left、center 和 right，分别表示左对齐、居中和右对齐。如：

（1）打开 Dreamweaver MX 2004，在"代码"视图中输入下面的代码。在"设计"视图中查看效果，如图 11.11 所示。

```html
<html>
  <body>
    <h1 align=left>第一行标题</h1>
    <h2 align=center>第二行标题</h2>
    <h3 align=right>第三行标题</h3>
    <h4 align=center>第四行标题</h4>
    <h5 align=left>第五行标题〈/h5>
    <h6 align=right>第六行标题</h6>
  </body>
</html>
```

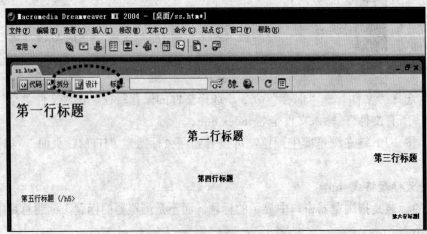

图 11.11 定义标题格式效果图

（2）保存为 title.htm，标题文字的大小、对齐方式在浏览器中的效果如图 11.12 所示。

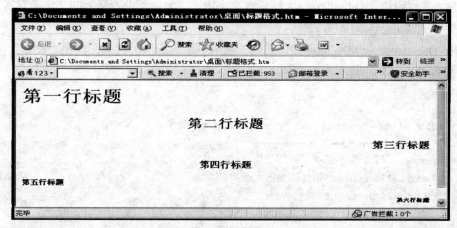

图 11.12　定义标题格式效果图

3. 文本分段<p>

<p>是 HTML 格式中特有的段落标记，在 HTML 格式中文字会根据窗口的宽度自动转折到下一行。但如果在 HTML 文件中加入<p>，下面的文字将另起一段，如果没有遇到</p>，就会把所有的文字挤在一个段落里。

分段标记格式：<p>文本</p>

如在 Dreamweaver MX 2004 的"代码"视图中输入下面的代码，则在"设计"视图中查看效果如图 11.13 所示。

```
<html>
   <body>
      <p>江海学院是经省人民政府批准设立，以培养高技术应用型人才为办学方向，具有独立颁
发国家专科文凭资格的民办全日制高职院校。</p>
      <p>办学理念：面向社会需求，坚持就业导向；注重专业知识，突出能力训练；践行德育为
先，提高人文素养；立足名城扬州，扩大辐射功能。</p>
   </body>
</html>
```

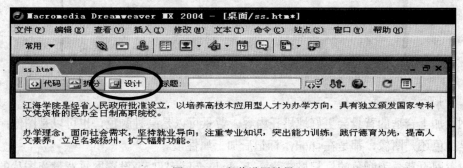

图 11.13　段落设置效果

4. 制作表格并添加文字<table>

制作表格的格式为：<table>…</table>，这样制作出的表格是空的，需要给表格增加行

标记\<tr\>…\</tr\>和列标记\<td\>…\</td\>。另外还需要给表格增加 width（宽度）和 border（边框）属性。在代码语句\<td\>和\</td\>之间输入文字内容。如果要设置插入的文字的对齐方式，在\<td\>中加入"align="对齐方式""。

如在 Dreamweaver MX 2004 的"代码"视图中输入下面的代码，则在"设计"视图中查看效果如图 11.14 所示。

```
<html>
 <body>
   <div align="center">              //表格居中显示
   <table width="300" border="2">
    <tr>                             //第一行
      <td align=left>学号</td>
      <td align=right>姓名</td>
      <td align=center>家庭地址</td>
    </tr>
    <tr>                             //第二行
      <td align=left>1</td>
      <td align=right>王三</td>
      <td align=center>江苏.扬州江海学院</td>
    </tr>
   </table>
 </body>
</html>
```

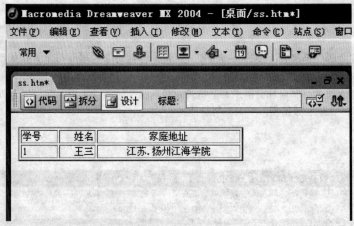

图 11.14　表格中含有文字效果

6. 网页背景设置

网页加上合适的背景会更好地烘托内容。背景可以是某种颜色，也可以是图像；无论背景是颜色还是图像，都是在\<body\>标记后加上属性值。

设置网页背景为颜色的标记格式为：\<body bgcolor="#"\>，设置网页背景为图片的标记格式为：\<body background="图像文件名"\>。需要注意的是图像文件必须存在，有时还需要加上相对路径。

例如：在当前目录 image 的子目录中包含一个 apple.jpg 图片文件，则语句可以标记为：

```
<body background="image/apple.jpg">
```

如在 Dreamweaver MX 2004 的"代码"视图中输入下面的代码，则在"设计"视图中查看效果如图 11.15 所示。

```
<html>
<body background="江海景色.jpg">
HTML 学习！
</body>
</html>
```

图 11.15　背景设置效果

7. 建立文字超链接<a>

超级链接是 HTML 语言的典型功能，使用者可以从一个页面直接跳转到其他页面、图像或者服务器。一个链接的基本格式如下：<a href="资源地址">链接文字</a>。

其中标签<a>表示一个链接的开始，</a>表示链接的结束；属性 href 定义了这个链接所指的地方；通过单击"链接文字"可以到达指定的位置。

如在 Dreamweaver MX 2004 的"代码"视图中输入下面的代码，则在"设计"视图中查看效果如图 11.16 所示。

```
<html>
<body>
```

```
<a href="http://www.sohu.com">搜狐</a>
</body>
</html>
```

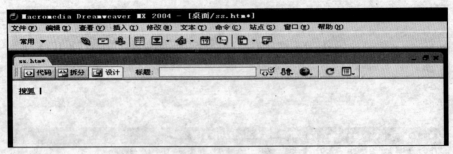

图 11.16　超链接效果图

单击"搜狐"链接后，http://www.sohu.com网页将出现在同一窗口里，如果要在新窗口中打开链接对象，则改为：<a href=http://www.sohu.com　target="_blank">搜狐</a>

实践篇——网页制作实训

通过前面的学习，想必大家对网站策划的基本流程、网页建设的相关技术已经掌握了。但网站创建是一个复杂的系统工程，其流程包括许多必要的环节，初学者往往容易出现"学习了不少网页制作软件，提到各个软件的功能都头头是道，但真正制作起来却不知该从何下手"的现象。本篇以制作"课程学习网站"为例，一步一步引导大家了解并掌握网站制作的全过程，在实际操作中逐步掌握"网站主题的确定、素材的准备、色彩的选择、网站的建设、网页制作及网页相关内容的链接"各环节。

本篇内容

第 12 章　课程网站的设计及制作

第 12 章　课程网站的设计及制作

12.1　主题的确定

网站主题通常根据用户的需求而定，而个人网站的主题则往往取决于网站制作者的爱好和兴趣。本网站主题的确定基于下列理由：

21 世纪人类全面进入了信息化时代，教育也在走向信息化、现代化。多媒体技术、网络技术已经为越来越多的学校和老师所采用。基于 Web 的电子学习，正在以比传统教育模式快得多的速度发展。很多老师也为其所授课程制作了课程网站，以方便同行交流及学生学习。为此，我们决定制作本课程网站——"网页制作技术课程网站"，并挂在校园网上供全校师生访问，为老师授课、学生自学或复习提供参考。

为使大家更好地理解后续内容，请先看一下网站效果图，如图 12.1 所示。

图 12.1　主页效果图

12.2　素材的准备

收集素材是最耗时、最困难的一步工作。素材收集不够，很可能网页制作到一半就被迫停下来。

网站素材一般包括文字、图像、声音、视频（动画）等，具体内容根据实际需要而定。本课程网站主要使用了图像和文字两种素材。

为方便收集素材，在 E 盘新建文件夹 Web，并在 Web 下新建子文件夹 text 和 image，分别用来存放收集的文字和图片素材。

12.2.1　文字材料的准备

任何一门课程的开设都必须先具备一定的条件、讲授过程中会用到一些实例、课后布置一定的练习及适当进行课堂或课后的答疑。据此，初步确定本课程网站主要包括教学条件、案例制作、课程设计、习题集、在线答疑等栏目。除"在线答疑"一栏外，其他各栏目都需要事先搜集相关资料，如："教学条件"一栏收集了课程简介、课程大纲、考核方案、师资队伍、教材教参、电子教案等方面的材料；"案例制作"一栏收集了教师授课所采用的经典实例，包括效果演示、详细的操作步骤及操作过程的部分插图；"课程设计"一栏搜集了课程设计任务书及课程设计报告格式；"习题集"一栏搜集了 8 套习题。

收集到上述材料后，以电子文档形式统一放入 text 文件夹中，以供后面网页制作时使用。

12.2.2　图像材料的准备

1. 图像的获取

图像在网页中具有提供信息、展示作品、装饰网页、表达个人情调和风格的作用。获取图像的方法有很多，可以根据需要用数码相机拍摄、扫描仪扫描或者对现有图像作一些修改加以利用。

由于本网站挂在校园网上供校内师生使用，所以采用了与学校网站相似的风格，采用的图片是学院西大门的照片。

登录江海学院校园网（www.jhu.cn），选择"文件"→"另存为"命令，在弹出的"另存为"对话框中选择网页保存位置为 D 盘，网页名称为"素材网站.htm"。

打开 D 盘"素材网站"文件夹，选取其中三幅图片 logo.jpg、topbg.jpg、pic01.jpg，分别如图 12.2 至图 12.4 所示，复制到 E:\Web\image 文件夹中。其中，logo.jpg、topbg.jpg 将显示在网站上端，pic01.jpg 显示在网站左端。

2. 图像的修改

考虑到将来网站的宽度为 800 像素，故先将图片 topbg.jpg 的宽度裁剪为 150 像素。

图 12.2　logo.jpg 图片

图 12.3　topbg.jpg 图片

图 12.4　pic01.jpg 图片

【例 12-1】裁剪图像 topbg.jpg，使其宽度为 150。

制作步骤：

（1）打开图像处理软件 Fireworks。

（2）选择"文件"→"打开"命令，打开图像 topbg.jpg。

（3）在工具栏中选择裁剪工具 ，从图片左上角往右下角拖动，并在属性面板中输入裁剪宽度为 150，高度为 137，如图 12.5 所示。

图 12.5　图像的裁剪及属性

（4）按 Enter 键确认裁剪并保存修改。

【例 12-2】在图像 logo.jpg 中加入网站名称"网站设计与网页制作"。

制作步骤：

（1）打开 Fireworks 软件。

（2）打开图像 logo.jpg，在工具面板中选择文字工具 A，在 logo.jpg 的右下空白位置单击，在属性面板中设置字体为华文行楷、30 号，颜色为#ff9933，输入文字"网站设计与网页制作"，如图 12.6 所示。

图 12.6　文字的输入

（3）用"指针"工具单击选中刚刚输入的文字，选择属性面板中"添加效果"按钮中的"阴影和光晕"→"发光"命令，如图 12.7 所示。在打开的"发光"对话框中输入如下参数：光晕偏移：1，颜色：996600，不透明度：100%，柔化：1，偏移：0，如图 12.8 所示。

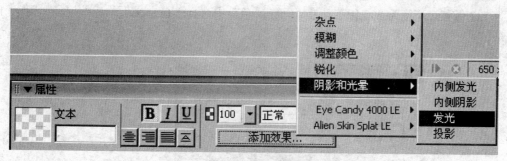

图 12.7　添加效果

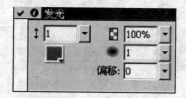

图 12.8　发光效果

（4）保存结果，最后效果如图 12.9 所示。

图 12.9　logo.jpg 文字的添加

【练习 12-1】在图像 topbg.jpg 中加入网站名称"课程网站"，效果如图 12.10 所示。

图 12.10 topbg.jpg 文字的添加

3. 导航栏图片的制作

导航栏是用户在规划站点结构、开始设计主页时必须考虑的一项内容。导航栏的作用就要让浏览者在浏览站点时，不会因为迷路而终止对站点的访问。

为了效果比较好看，本网站采用自己制作的图片作为导航栏，让浏览者可以既快又容易地转向站点的其他主要网页。具体制作步骤如下：

（1）打开 Fireworks 软件。

（2）选择"文件"→"新建"命令，在弹出的"新建文档"对话框中设置大小为宽度为 237 像素，高度为 300 像素，在"画布颜色"中选择"自定义"单选按钮，如图 12.11 所示。

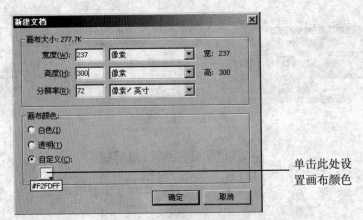

图 12.11 设置新建文档的属性

（3）单击"自定义"下的调色框，设置画布颜色为淡蓝色（#f2fdff），如图 12.12 所示。

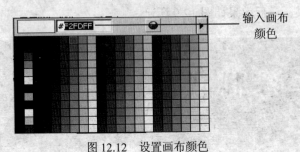

图 12.12 设置画布颜色

（4）在工具面板的"矩形工具"上按住不放，在出现的子工具中选择"矩形工具"，在工具面板中设置矩形填充色为#ffcccc，如图 12.13 所示。

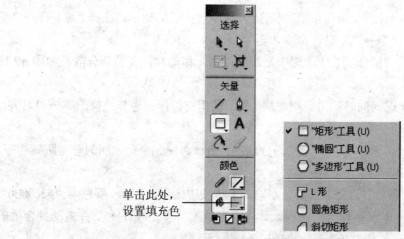

图 12.13 绘制矩形

（5）在画布上拖动绘制矩形，单击选中矩形，在属性面板中设置矩形宽为 160，高为 35。

（6）同理，绘制一个大小为 5×5，填充色为#993333 的小矩形，并将其移动到大矩形左边的合适位置，如图 12.14 所示。

图 12.14 绘制矩形

（7）选择"窗口"→"层"命令，打开层面板，按住 Shift 键的同时依次单击"层 1"下的两个矩形，然后单击层面板右上角的"选项"按钮，在出现的子菜单中选择"平面化所选"命令，将两个矩形合并，如图 12.15 所示。

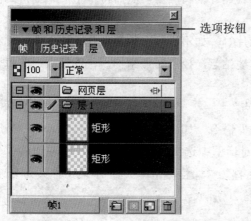

图 12.15 合并两个矩形

（8）在层面板中单击"层 1"下的"位图"，选中合并后的矩形，选择"编辑"→"复制"命令，选择"编辑"→"粘贴"命令，再复制出 4 个矩形。

（9）在层面板的"层 1"下依次选中复制的位图，移动其位置使其分散，如图 12.16 所示。

（10）按住 Shift 键的同时单击选中"层 1"下的所有位图，选择"修改"→"对齐"→"左对齐"命令，使 5 个对象左对齐。

（11）选择"修改"→"对齐"→"均分高度"命令，使 5 个对象间的垂直距离相等，如图 12.17 所示。

（12）用"工具箱"中的文本工具分别输入"华文中宋"、12 号，颜色为"#cc0000"的文字"教学条件"、"案例制作"、"课程设计"、"习题集"、"在线答疑"，并拖动到合适的位置。至此，完成导航栏图片的制作，如图 12.18 所示。

 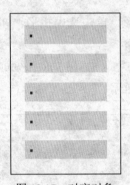 

图 12.16　复制位图　　　　图 12.17　对齐对象　　　　图 12.18　导航栏

（13）选择"文件"→"保存"命令，在弹出的"导出"对话框中选择保存位置为 D:\Web\image，文件名为 pic02.gif。

12.3　站点的创建

构建本网站时，先在本地磁盘上创建并编辑网页，然后将整个网站上传到校园网的服务器上，使公众可以访问它。

由于网站中有很多网页文件和图片等，如不进行有效管理就无法方便地发布，故利用 Dreamweaver 在本地机上建立一个本地站点，控制站点结构，管理站点中的每个文件。具体创建步骤如下：

（1）选择"站点"→"管理站点"命令，在弹出的"管理站点"对话框中单击"新建"按钮，选择下拉菜单中的"站点"命令，如图 12.19 所示。

（2）在弹出的"网站定义为"对话框中选择"高级"标签，在左边的"分类"中选择"本地信息"，并在右边设置站点名称为"课程网站"，选择本地文件夹为 E:\Web\，默认图像文件夹为 E:\Web\image\，如图 12.20 所示。

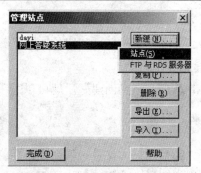

图 12.19　"管理站点"对话框

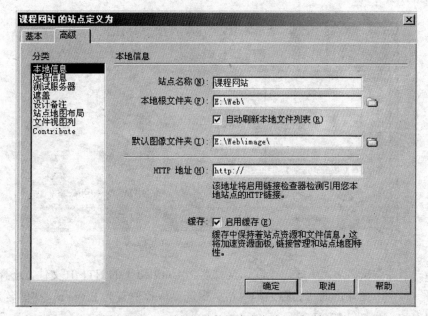

图 12.20　"课程网站的站点定义为"对话框

（3）设置完毕，单击"确定"按钮，返回"站点管理"对话框，单击"完成"按钮。在文件面板中就可以看到本站点的相关结构信息（如图 12.21 所示），至此一个站点就创建好了。

图 12.21　站点信息

12.4　主页的创建

前面创建的是一个空白的站点，站点创建好后就可以着手创建主页了。

12.4.1　新建 HTML 文件

在 Dreamweaver 中选择"新建"→"文件…"命令，在弹出的"新建文档"对话框中选择"常规"选项卡，并在"类别"中选择"基本页"，在"基本页"中选择 HTML，如图 12.22 所示。

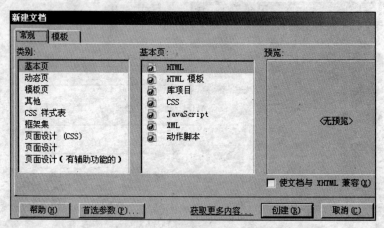

图 12.22　"新建文档"对话框

单击"创建"按钮后，生成一个默认文件名为 Untitled-1 的 HTML 文件，选择"文件"→"保存"命令，在弹出的"另存为"对话框中选择保存位置为 E:\Web，文件名为 index，文件类型为.htm，如图 12.23 所示。

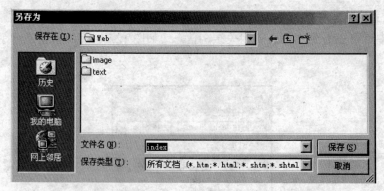

图 12.23　"另存为"对话框

12.4.2　页面布局的实现

布局指的是以最适合的方式将图片和文字排放在页面的不同位置，使得浏览者的视觉效果与使用效果最佳。本课程网站采用表格将页面布局成"工"字形，具体实现步骤如下：

（1）插入表格。

选择"插入"→"表格"命令，在弹出的"表格大小"对话框中输入行数为 3，列数为 2，表格宽度为 800 像素，如图 12.24 所示。单击"确定"按钮，生成一个 3 行 2 列的表格。

（2）合并单元格。

1）拖动鼠标选中第 2 行的两个单元格，选择"修改"→"表格"→"合并单元格"命令。

2）选中第 3 行的两个单元格，右击，在弹出的快捷菜单中选择"表格"→"合并单元格"命令。

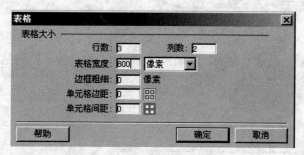

图 12.24　插入表格

（3）设置单元格大小。

由于单元格是用来存放图片或文字的，所以必须根据实际需要设置单元格的大小，具体方法如下：

1）在第 1 行第 2 列的单元格中单击，在属性面板中输入单元格宽为 150，高为 138，水平和垂直对齐方式均为"默认"，如图 12.25 所示。

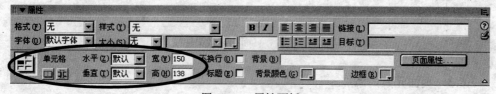

图 12.25　属性面板

2）将光标放在第 2 行第 1 列的单元格中，在属性面板中输入单元格高为 510。

3）将光标放在第 3 行第 1 列的单元格中，在属性面板中输入单元格高为 80。

（4）设置表格属性。

1）将光标放在任一单元格中，选择"修改"→"表格"→"选取表格"命令。

2）在属性面板设置表格背景色为淡蓝色（#f2fdff），对齐方式为"居中对齐"，如图 12.26 所示。

（5）表格的嵌套。

为防止同一表格的各单元格之间相互影响，通常需要在单元格中再插入表格，本网站在第 2 行的单元格中又插入表格。具体实现方法如下：

1）用上述所讲方法在第 2 行第 1 列中插入一个 1 行 2 列的表格，并设置表格宽度为百分比 100%。

2）将光标定位在新插入表格的左边单元格中，利用属性面板设置宽为 237，高为 510。

3）在左边单元格中再插入一个 2 行 1 列的表格，并设置宽度为百分比 100%，上下单元格的高度分别为 210 和 300。

图 12.26 表格属性的设置

至此，整个页面布局基本完成，效果如图 12.27 所示。为方便起见，以后将按图 12.27 所示称呼各部分。

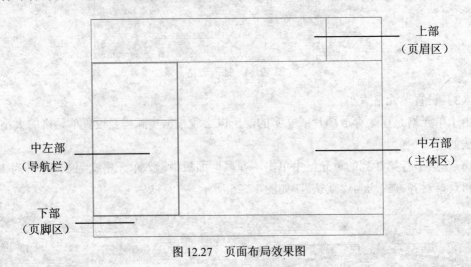

图 12.27 页面布局效果图

12.4.3 页面元素的添加

1. 插入图像

（1）将光标定位在上部左边的单元格内，选择"插入"→"图像"命令，弹出"选择图像源文件"对话框，此时"查找范围"默认为当前站点位置 E:\Web，在查找范围下的文本框中双击打开 image 文件夹，选择图片 logo.jpg。

（2）同理，在上部右边的单元格内插入图片 topbg.jpg。

（3）在中左部嵌套表格的上单元格中插入图片 pic01.jpg，下单元格中插入图片 pic02.jpg。

2. 插入文字

为使中右部主体区的文字与边界间隔一定的间距，在中右部的单元格中插入一个 1 行

1 列的表格，并设置宽度为百分比 96%，单元格的高度为 510。

设置完毕，在中右部新插入的表格内输入对课程"网站设计与网页制作"的介绍内容："在网络无处不在的今天，如何在网络上表现自己已经成为很多人关注的焦点。……"，并适当调整文字格式。

3．插入页脚

（1）将页面下部拆分为 4 行。

（2）在第 1 行利用"插入"→"HTML→"水平线"命令，插入一条水平线作为上下内容的分隔符。

（3）在其他 3 行分别插入制作单位、联系人、联系方式等信息。

4．添加超链接

主页中的图片 pic02.jpg 起导航作用，可以超链接到其他页面。虽然各子页面尚未创建，但为方便操作起见，先将其名称定下来，取各子页面中文拼音的声母组合作网页名称。子页面名称分别定义如下：

- "教学条件"子页面：jxtj.htm。
- "案例制作"子页面：alzz.htm。
- "课程设计"子页面：kcsj.htm。
- "习题集"子页面：xtj.htm。
- "在线答疑"子页面：zxdy.htm。

由主页面超链接到"教学条件"子页面的步骤如下：

（1）单击选中主页中左部的导航图片 pic02.jpg。

（2）在属性面板地图区选中"矩形热点工具"，然后在导航图片上"教学条件"所在的矩形上拖动，就绘制出了一个"矩形热点区域"，如图 12.28 所示。

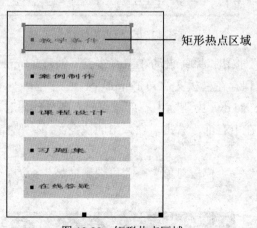

图 12.28　矩形热点区域

（3）在属性面板的"链接"栏中输入超链接目标网页名称 jxtj.htm，即实现了由主页面超链接到"教学条件"子页面，如图 12.29 所示。

矩形热点工具

图 12.29 创建图片超链接

用同样的方法，实现从主页面导航栏到其他子页面的超级链接。这样，一个完整的主页就创建成功了。

12.4.4 模板的创建及编辑

为了风格一致，所有页面采用了相同的页面布局，且上部页眉区、中左边的导航栏及下部的页脚部分都相同。为了减少工作量，避免大量重复的工作，将首页保存为模板，以提高更新和维护网页的工作效率，节省时间。具体实现步骤如下：

（1）选择"文件"→"另存为模板"命令，弹出"另存模板"对话框，在"站点"下拉列表中选择要保存模板的站点"课程网站"，在"另存为"文本框中输入模板名称template，如图 12.30 所示。

图 12.30 模板的保存

（2）单击"保存"按钮，系统自动在当前站点下创建 Templates 文件夹，并将刚才新建的模板 template.dwt 保存在模板文件夹 Templates 下。

（3）在模板 template.dwt 中删除中右部课程简介部分的内容。

（4）将光标定位在中右部，右击，在弹出的快捷菜单中选择"表格"→"选择表格"命令。

（5）选择"插入"→"模板对象"→"可编辑区域"命令，弹出"新建可编辑区域"对话框，如图 12.31 所示。

图 12.31 创建模板的可编辑区域

（6）保存模板。

12.5　其他页面的创建

主页以外的其他页面都是通过模板 template 来创建的，除中右部以外，其他各部分都相同。

12.5.1　"教学条件"页面的创建

具体步骤如下：

（1）选择"文件"→"新建"命令，在"新建文档"对话框中选择"模板"选项卡。

（2）选择 template 模板，单击"创建"按钮，则新建了一个基于模板的文档。

（3）保存文件为 jxtj.htm。

（4）将光标定位在文件 jxtj.htm 的右中部的可编辑区域，将表格拆分为两行；

（5）利用 Dreamweaver 提供的"代码"模式选择第 1 行，如图 12.32 所示。

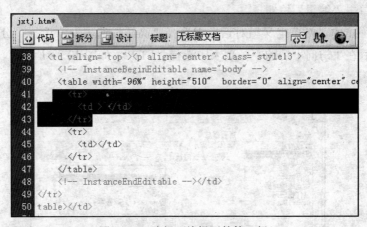

图 12.32　选择可编辑区的第 1 行

（6）在属性面板中输入第 1 行的高度为 50。

（7）在第 1 行插入 1 个 1 行 6 列的表格，并设置表格宽度为 100%，如图 12.33 所示。

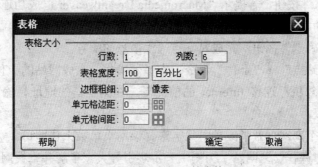

图 12.33　设置插入的表格

（8）设置 1 行 6 列表格的对齐方式为"居中对齐"，并在各单元格中依次输入"课程简介"、"课程大纲"、"考核方案"、"师资队伍"、"教材教参"、"电子教案"，分别超链接到 kcjc.htm、kcdg.htm、khfa.htm、szdw.htm、jcjc.htm、dzja.htm。

（9）在可编辑区的第 2 行输入本课程大纲，并保存文件。

12.5.2　其他页面的创建

其他页面的创建可以与"教学条件"页面一样通过模板来创建，而对于"教学条件"相关的其他页面如 khfa.htm（考核方案）页面也可由 jxtj.htm 页面另存为 khfa.htm，以节省工作量。

12.6　网站的上传

网站上传前必须先获得免费或付费的主页空间。网站上传的步骤如下：

（1）选择"站点"→"管理站点"命令，在弹出的"管理站点"对话框中选择"课程网站"，并单击"编辑"按钮。

（2）在弹出的"站点定义"对话框中选择"高级"选项卡，选择"分类"中的"远程信息"，然后在"访问"后的下拉列表中选择"FTP"，如图 12.34 所示。

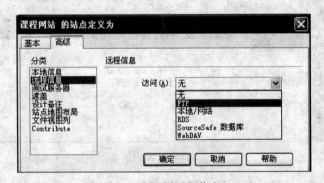

图 12.34　配置远程信息

（3）填写预先获得的网站空间的相关信息，如图 12.35 所示，填写完毕后单击"登录："文本框后的"测试"按钮，若提示"Macromedia Dreamweaver 已成功连接到你的服务器"，则连接服务器成功。

（4）单击"确定"按钮，完成对站点远程信息的配置。

（5）选择"站点"→"上传"命令，按提示操作，完成网站的上传。

（6）确保计算机已连接 Internet 的前提下，在浏览器的地址栏输入 hyh.jhu.cn 查看结果。

（7）以后有个别网页做了改动，只需选择该网页单独上传即可。

本章以制作"课程学习网站"为例，一步步引导大家了解并掌握网站制作的全过程，具体演示并讲解了"网站主题的确定、素材的准备、色彩的选择、网站的建设、网页制作及网页相关内容的链接"等环节。

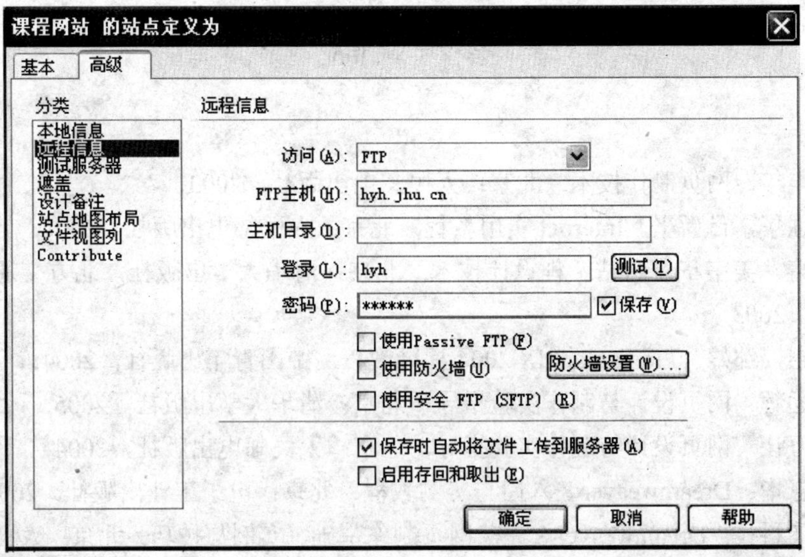

图 12.35　输入远程信息

实训项目

参考本章所讲知识点，综合运用"网页三剑客"独立制作一个网站，具体要求如下：

（1）选择自己感兴趣的一个主题，如音乐、旅游、游戏、汽车等。

（2）收集制作网站所需的素材并分类保存到不同文件夹下。

（3）确定网站的页面布局，确定网站的色彩基调。

（4）利用所学的图像处理和动画技术制作或编辑相关图片和动画。

（5）综合运用所学的页面布局方法（表格、层或框架）实现页面布局，并保存为模板。

（6）根据模板生成所需的网页，并向网页中添加所需的元素（如文字、图像、动画等）。

（7）利用超链接将各网页链接成一个完整的网站。

（8）上传网站到所申请的网络空间上，并做定期维护。

参考文献

[1] 赵丰年. 网页制作技术. 北京：人民邮电出版社，2003.

[2] 张强华，吕新平. Internet 实用教程. 北京：人民邮电出版社，2001.

[3] 吴涛，姜韦华. 网站全程设计技术. 北京：清华大学出版社，北方交通大学出版社，2003.

[4] 胡崧，邹婷. Fireworks MX 2004 标准教程. 中国青年出版社，2004.

[5] 杨远辉. 网页设计与制作实验指导. 北京：清华大学出版社，2005.

[6] 相万让. 网页设计与制作实验指导. 北京：人民邮电出版社，2004.

[7] 郭惠华. Dreamweaver 8 入门与实例教程. 北京：电子工业出版社，2006.

[8] 腾飞科技. Dreamweaver 8 完美网页制作基础、实例与技巧. 北京：人民邮电出版社，2007.

[9] 孙良军. Dreamweaver 8 网页设计精彩 150 例. 北京：中国青年出版社，2007.